ちょっと留守にしていたら家が没落していました
転生令嬢は前世知識と聖魔法で大事な家族を救います

狭山ひびき

目次

人物紹介
CHARACTERS
能天気な伯爵
ヘンリック
マルガレーテの父。商才は無いが手先が器用で、ものづくりに才能を発揮!
おっとり伯爵夫人
コルネリア
マルガレーテの母。お嬢様気質でお料理は苦手。それでも、マイペースに没落生活を楽しみ中!
才能あふれる転生令嬢
マルガレーテ
ハインツェル伯爵家の中では唯一のしっかり者。実は転生者で前世は看護学生だった。幼い頃にフリードリヒと出会ったことで聖魔法騎士団への入団を目指すようになる。
可愛すぎる弟
エッケハルト
マルガレーテの弟で10歳。お姉ちゃんのことが大好き。天真爛漫だが機転が利く一面も。
ハインツェル伯爵家

ちょっと留守にしていたら家が没落していました

転生令嬢は前世知識と聖魔法で大事な家族を救います

クールな聖魔法騎士団長

フリードリヒ・シュベンクフェルト

最年少で聖魔法騎士団の団長になるほど優秀だが、元嫁に不倫され女性不信に…。ランデンベルグ国の王弟でもある。

意地悪な元婚約者

ヨアヒム・アンデルス

アンデルス伯爵令息。ヘンリックが投資をするためのお金を貸していたがその真意は…。

面倒見が良い先輩

ミヒャエラ

女性聖魔法騎士。マルガレーテの入団時の試験監督であり教育係になる。

自由きままな騎士団総帥

マクシム

第一騎士団団長。フリードリヒの独身を弄る唯一の人。

フリードリヒの元嫁

ヘンリーケ

フリードリヒと婚姻時に不倫をし、不倫相手と家出して姿を消していたはずが…!

プロローグ

ランデンベルグ国は今、春のはずなんだけど、ひゅーっと木枯らしが通り過ぎていったような気がするのはなぜかしら。

実際に春の少し強い風がわたしの赤い髪をもてあそんで通り過ぎてはいくものの、心の中に吹いているのは春風なんてかわいらしいものではない。

コーフェルト聖国に国費留学していたわたし、マルガレーテ・ハインツェルは、一年間の留学期間を終えて我が家ハインツェル伯爵家へ帰ってきた。

そう、帰ってきたはずだった、のだけれど。

……なんかわたし、今、浦島太郎《うらしまたろう》の気分がわかった気がするわ！

ふと、前世で子どもの頃に読んだおとぎ話の主人公の気持ちになりかけたわたしは、現実逃避しそうになる頭をしゃっきりとさせるべくぶんぶんと首を横に振った。

ここは、我がハインツェル伯爵領。

そして、目の前には、ハインツェル伯爵家のカントリーハウスがある。

一年前の我が家は、今年十歳になる、まだやんちゃ盛りの弟エッケハルトがいるからか、笑い声の絶えないにぎやかな家だった。

プロローグ

大勢いた使用人たちとも仲が良く、庭には季節の花が咲き誇り、庭の散策が好きなお母様が日傘をさして歩き回る姿が、毎日のように見られていたはずだ。

それなのに、固く閉ざされた門の向こうの庭は、枯れた雑草と新しく芽吹いた雑草の両方が生い茂り、綺麗《きれい》に整えられていた花壇は見る影もない。

なにより、人気《ひとけ》がない。

そして、なぜか門には太い鎖が侵入防止を伝えるようにぐるぐる巻きにされて、大きな南京錠までかかっていた。

「どういうこと――――!?」

大きなトランクをふたつ抱えたまま、わたしは途方に暮れてつい大声で叫んでしまった。

「とー」「おー」「ぉー」とわたしの叫び声が反響して風に攫《さら》われていく。

汽車の駅からここまで連れてきてくれた辻馬車の御者が、御者席に乗ったまま、ものすごく言いにくそうな顔で訊《たず》ねてくる。

「お嬢さん、本当にここが自宅なのかい?」

御者の言葉に一縷《いちる》の望みを見出しかけたわたしは、すぐにその希望を打ち捨てた。

ハインツェル伯爵領で、領主の邸に連れていってくれと言って間違える御者がいるだろうか。

それに、ものすごく荒れ果ててはいるが、門の奥に見える庭にあるものは見覚えのあるものばかりだ。

……あのブランコはお父様がエッケハルトのために作ったものよ！　あの四阿《あずまや》は三年前に新しく作ったものでお母様のお気に入り！　あっちの大きな木も見覚えがあるわ。お父様が木の上から下りられなくなっていた野良猫を助けようとして登って落っこちて大怪我をしたんだもの！　つまりここにあるものはぜーんぶ、うちにあったものなのよ‼

そうやって総合的に考えると、やっぱり目の前の荒れ果てて寂びれた邸は、我がハインツェル伯爵家ということになる。

「おじさん！　ここって、本当にハインツェル伯爵家よね⁉」

「あ、ああ、そうだけどね……」

「じゃあどうしてこんなことになっているの⁉」

「そう言われてもねえ、お貴族様のことはわしにはよくわからんよ。それに、わしは普段はこの辺には来ないし、住まいはハインツェル伯爵領じゃなくて隣のアンデルス伯爵領だからねえ」

アンデルス伯爵領と聞いて、わたしはハッとした。

そうだ、ヨアヒムに聞けばいいのだ！　アンデルス伯爵家の嫡男ヨアヒムはわたしの婚約者である。

今はどちらも亡くなっているが、わたしのおじい様とヨアヒムのおじい様が仲良しで、お互いの祖父の願いで幼い頃にわたしたちの婚約はまとめられた。

正直言って、二歳年上のヨアヒムとわたしは、恋人同士という関係ではなかったが、貴族の結婚なんてそんなものだ。

そして、いくら冷めきった関係だったとしても、未来の妻の実家の事情を婚約者が知らないはずがない。

……まずはお父様たちがどこにいるのかを探らないと！

見る限り奥の邸には人は住んでいない。つまりお父様たちはどこかへ移り住んでいるはずだ。家族が死んでいたら留学先のコーフェルト聖国に連絡が入ったはずだし、相続だのなんだのとランデンベルグ国からもすぐに帰国するように通達があったはずなのだから。

……落ち着いてわたし。大丈夫、みんなきっと、どこかで能天気に暮らしているわよ。

うちの家族は総じて能天気である。

お母様はよく『なんでわたしたちから生まれたのに、マルガレーテちゃんはしっかりしてるのかしら～？』なんて不思議がって、お父様は『私たちがしっかりしていないからマルガレーテがしっかりしたんだね～』なんて笑う、本当にダメダメな能天気すぎる両親だ。

弟はお姉ちゃんであるわたしが大好きで、留学が決まった時は『姉様と離れたくない』と言って大泣きしたシスコンで、やっぱり能天気。

わたしは生まれた時から前世で二十歳まで生きた記憶があって、しかも前世では早くに家族を亡くしてひとりで頑張って生きていたから実年齢よりもしっかりした性格だった。

それが幸いしてなのかどうなのか、今世の生みの親の性格は引き継がなかったらしい。

……こうしてはいられないわ！　あの能天気家族のことだから、もしかしたらわけのわからない問題に巻き込まれているかもしれないもの！

きっと大丈夫と自分に言い聞かせたわたしだったが、すぐに考えを改めた。

邸がこんな状況になっているのだ、なにかあったのは間違いない。そしてあの能天気なお父様たちは、能天気すぎるあの性格のせいでなにかに巻き込まれたのだ。

そう結論づけると、わたしは急いで御者のおじさんを振り仰いだ。

「おじさん！　連れてきてもらったばかりで申し訳ないけど、さっきの駅までまた連れていってくれない？」

急いで汽車に飛び乗って、まずはアンデルス伯爵領へ向かおう。そうしてヨアヒムに事情を知らないか確認するのだ。

わたしは馬車にトランクを押し込んで乗り込むと、「急いで！」と御者のおじさんを急かして駅へ向かった。

そして御者に礼を言ってアンデルス伯爵領行きの汽車のチケットを買おうとしていると、郵便屋さんと思しき外見の青年がこちらに走ってくるのが見えた。

「失礼！　もしかしてマルガレーテ・ハインツェル様でいらっしゃいますか？」

わたしはびっくりして顔を上げた。

「そ、そうですが……」

なぜわたしの名前がわかったのだろうと怪訝に思っていると、郵便屋さんがホッと息を吐き出した。

「よかった！　いやあ、こんな意味のわからない配達を頼まれたのは初めてですよ。今日の午後に赤い髪に茶色の瞳の、十八歳のかわいい貴族っぽい女の子がこの駅にいるはずだから手紙を届けてねなんて、いくら赤い髪が珍しくても、さすがにひどいですよねえ？」

郵便屋さんはそんな愚痴を言いながらわたしに一通の手紙を差し出した。

そんな妙な郵便配達の頼み方をする迷惑な人間はどこの誰だと手紙をひっくり返して差出人を確かめたわたしは、一気に脱力しそうになる。

……お父様ああああああああ‼

手紙の差出人には、しっかりと父の「ヘンリック・ハインツェル」の名が記されていた。

あんのお父様は、なんつー迷惑なことを‼

「すみませんすみません、本当にご迷惑を！　これはつまらないものですが……！」

郵便屋さんにお詫《わ》びとチップで銅貨を数枚手渡して、ぺこぺこと頭を下げると、郵便屋さんは笑いながら「いやいや、無事に届けられてよかったですよ」と笑いながら去っていった。

……まったくもう、お父様ってばなにを考えているのよ‼

お父様が相変わらずすぎてホッとしていいのか嘆いていいのかわけがわからなくなる。

わたしはひとまずチケットを買うのをやめて、駅の隅っこでトランクの上に腰を下ろすと、手持ち鞄《かばん》の中からペーパーナイフを取り出して封を切った。

そして、手紙の文面に視線を落として、くわっと目を見開く。

……な、な、な、なんでこんなことになっているの——!?

手紙には、お父様のちょっと癖のある文字で、こう書かれていた。

——ごめーん、没落しちゃった。今は王都のこの住所の小さな家で暮らしているから、こっちに帰ってきてね。父より。

「あほかぁぁあああああああー‼」

わたしはつい、ここが駅であることも忘れて大声で叫んでしまった。

一、聖魔法騎士団の入団試験

わたし、マルガレーテ・ハインツェルは、聖魔法を学ぶべく、コーフェルト聖国に国費留学していた。

国費留学であるため、誰でも留学の対象者として選ばれるわけではない。

そもそも聖魔法は非常に扱いが難しく、習得できる人間はひと握りと言われていた。

そのため、逆に言えば、聖魔法の才能があると判断された者を国は積極的に、大陸で一番聖魔法について学ぶ環境が整っていると言われているコーフェルト聖国に留学させていて、優れた聖魔法の使い手を増やそうとしている。

わたしは十年前に、聖魔法騎士団の、当時最年少の十九歳で団長職に就いたフリードリヒ・シュベンクフェルト様を見てから、彼に憧れて聖魔法騎士団への入団を目標に頑張ってきた。

通常の騎士団と違い、聖魔法騎士団は災害時の救援活動やサポートなどを主に行っている。

というのも、聖魔法は、傷や病を癒したり、身体強化をしたりする力なのだ。他にも薬草の成分を抽出、調合して薬を作ったりもする。そのため、通常の騎士のように剣や魔法で魔物討伐をしたり戦ったりはしないのだ。

フリードリヒ様に憧れたわたしは、聖魔法騎士団に入るべく、八歳の頃からせっせと聖魔法の勉強と訓練を始めた。

その努力の甲斐《かい》もあってか、国費留学者を決める試験に見事合格し、晴れて、十七歳の時にコーフェルト聖国に留学したのである。

……それがまさか、帰ったらこんなことになっているなんて。

汽車に揺られながら、わたしは必死に頭痛と不安と戦っていた。

――ごめーん、没落しちゃった。今は王都のこの住所の小さな家で暮らしているから、こっちに帰ってきてね。父より。

というお父様の能天気な手紙を読んだ時はあきれると同時に怒りが込み上げてきたが、一周回って今は不安しかない。

……没落って、どういうことよ！

ハインツェル伯爵家は、ものすごく裕福というわけではなかったが、領地経営はうまくいっていたし、借金も抱えていなかったはずだ。

それが、どうしてたった一年でこんなことになっているのだろう。

手紙の能天気さから、元気にしているのは間違いないだろう。

けれど、元気だからいいというわけでもない。

……伯爵家が没落って、大事《おおごと》だからね‼

今の時代、貴族は身分の上に胡坐《あぐら》をかいているだけでは生きていけない。

ゆえに、家が没落したという噂《うわさ》を耳にしたことは何度もあるし、貴族たちはなんとか家を存続させるために、事業を起こしたり、投資を始めたりしていた。

かつて貴族は、身分に対する国からの支給金と領地から得られる税金だけで生きていられた。しかし、身分に対する支給金を国が取りやめたことで困窮する家が続出。

貿易などで安い外国製品が入ってくるようになったことで、領地持ちの貴族たちは、ただ領民に田畑を耕させ、家畜を育てさせていたらいいわけではなくなった。

新しい波に乗れない貴族は次々と没落し、事業を起こして財を成した平民の富豪に、そんな貴族の爵位が安く買い叩《たた》かれたりしている時代である。

お父様が「ハインツェル」という姓を名乗っているので、まだ、爵位を取り上げられたわけではないだろう。

けれども、あの能天気家族を放置していたら、近いうちに伯爵という身分まで奪い取られる危険性があった。

……わたしが留学なんてしたばっかりに！

いくら能天気な家族でも、たった一年で大問題は起こすまいと思っていたのに、とんだ誤算だった。いったいなにをした、父よ。勘弁してほしい。

汽車に揺られること数時間。

王都の駅で降りたわたしは、駅を出てすぐのところで辻馬車を捕まえて、お父様が手紙に書き記していた住所へ向かってもらった。

住所を見るに、貴族街ではなさそうだ。

治安の悪い下町でなかったことに安堵《あんど》すればいいのか、それとも、書かれている住所がもともと王都に持っていたタウンハウスでないことを嘆けばいいのかもわからない。

……多分、タウンハウスも領地の邸と同じく取り上げられたんでしょうね。

住んでいないのだから、つまりはそういうことだろう。

……邸をふたつも取り上げられるなんて、本当になにがあったのよ！

大通りから細い道に入り、しばらく行ったところで馬車が停まる。

御者にお金を払ってお礼を言って降りると、目の前には古ぼけた小さな二階建ての家があった。長屋でないだけよかったと思うべきだろうか。

……でも、屋根はボロボロだし、外壁も汚いし、多分長年人が住んでいなかった家なんでしょうね。でもまあ、前世の日本基準で考えると、そこそこの広さの中古物件ってところだけど。

日本は土地が狭いくせに人口が多いから、どうしても狭いところにぎゅうぎゅうに家を建てる傾向にあった。特に都市部ではその傾向が顕著になる。

そんな前世と、国土面積が広く、人口密度も前世に比べて半分以下の今世では、家の大きさは比較対象にはならないが。

人がひとり通れるくらいの小さな門扉を開けて中に入ると、小さな庭があった。

その庭の一部が花壇にされていて、春の花が咲いていたことにちょっとホッとする。花を育てるくらいの心の余裕はあるらしい。

狭い庭を横切って、わずか数歩で玄関扉に到着すると、わたしは玄関前に取りつけられている錆《さ》びた呼び鈴を鳴らした。

鈍い音が響く。

玄関扉が薄いのだろう、奥からぱたぱたという足音が聞こえてきた。

「はいはいは～い」

能天気な、母コルネリアの声が聞こえてきて、わたしはがっくりと脱力しそうになる。

……お母様が出てくるってことは使用人はいないんだろうけど、この状況でそのテンション……さすがだわ。

もっと落ち込むとかないのだろうか。……いや、あるはずがない。だってうちの家族だし。

「は～い……って、まあ！　マルガレーテちゃん！　おかえり～」

いやもうほんと、がくっと膝をつきそうだよ。

家に帰ったら家が潰れていて、お父様の妙な手紙を受け取って慌てて王都に飛んで来た娘に対して、第一声がにこにこ笑顔でそれですか！

「え!?　姉様帰ってきたの～？」

お母様の後ろから、弟のエッケハルトが小走りでやってきた。

きらっきらの金色の髪に青い瞳のうちの弟は、物語の王子様のようにかわいらしい。一年前よりだいぶ身長が伸びたみたいだ。

十歳でこれだから、数年後はさぞイケメンに育つに違いない。お姉ちゃんは今から君の将来が楽しみで仕方がないよ。

「姉様おかえり〜！」

お母様を押しのけてわたしの腰にぎゅうっと抱き着いたエッケハルトにほんわかと癒される。

わけがわからないこの状況だが、弟のかわいさは不変だ。それだけが救いかもしれない。

「ただいま、お母様。いろいろ聞きたいことがあるんだけど……、お父様は？」

「ああ、パパは裏の畑にいるわよ〜」

裏？

畑⁉

ぎょっと目を剥いたわたしに、お母様は裏にも小さな庭があって、そこに畑を作ったのだと教えてくれた。

……伯爵が、畑を耕しているだと⁉

あんぐり口を開けるわたしに、お母様はやっぱり能天気に続ける。

「仲良しのご近所さんからね、野菜の苗をもらったの〜。苗を作りすぎちゃったんですって！

だから今パパが植えているとこなのよ。ほら～、節約しないと、毎日ふかし芋になっちゃうから～」

「冬は大変だったよね。もう、三食芋なんて嫌だよ」

待て待て待て待て！

「あ、でも今日は、マルガレーテちゃんが戻ってくるってパパから聞いていたから、奮発してパンを買ったのよ～。スープにもちゃんと具を入れたの～」

「具のないスープってただの塩味のお湯だもんね」

待て～～～～～～‼

にこにこしながら入れるエッケハルトの合いの手に涙が出そうになるわ‼

わたしはさっと手持ち鞄から銀貨を取り出すとエッケハルトに持たせた。

「エッケハルト、成長期なんだからきちんと食べないとダメでしょう！　わたしはお父様に話があるから、それを持ってなにか買ってきなさい‼」

「わ！　姉様お金持ちだね！」

……あぁ！　うちの弟が！　伯爵家の嫡男であるうちのかわいい弟が、一年会わないうちに銀貨一枚でお金持ちだとか言うようになってるよ‼

前世の感覚で言えば、銀貨一枚は日本円で一万円ほどの価値である。前世の十歳の子に一万円は大金だろうが、貴族のおぼっちゃんであるエッケハルトには珍しくもなかったはずだ。

お金のありがたみを知ることは大切だろうが、伯爵令息としてはこれは由々しき事態である。

わたしは慌てて手持ち鞄から財布を取り出すと、それをお母様に押しつけた。

これらはコーフェルト聖国で勉強する傍ら、聖魔法の訓練目的で作ったポーションを売りさばいて得たお金である。ざっと金貨十枚分入っているはずだ。ちなみに日本円換算でおよそ百万円。

お母様は財布を開けて「まあ！」と目を輝かせた。

「これでしばらくパンが食べられるわね！　お肉も買えるかしら～」

ああ、泣きたい……。

ちょっと前まで『あなた～、新しいドレスが欲しいの～』なんて季節ごとにドレスを新調していたお母様が、パンと肉に喜んでいる！

十歳のエッケハルトをひとりでお使いに行かせるのは不安だったのか、お母様もついていくと言ったので、わたしは狭い玄関にトランクを置くと、急いで裏庭に回った。

そこでは、今まで見たことがない作業服みたいな格好をした父ヘンリックが、せっせと野菜の苗を植えている。

エッケハルトに三十歳ほど年を取らせたような、外見だけはなかなかイケオジなお父様だったが、一年見ないうちに髪が伸びていた。散髪をケチっているのかもしれない。

「お父様、ただいま」

「うん？　ああマルガレーテ！　一年会わないうちに大人っぽくなったなあ！」

「お父様はだいぶ変わったわね」

「ああ、髪が伸びたからねえ」

髪以前に格好もだが、本人はまったく気にしていなさそうなのでわざわざ口にするのはやめておいた。それよりも聞きたいことがあるのだ。

「お父様。この状況はいったいどういうこと？　なにがあったの？　いくらなんでも異常事態でしょう！」

するとお父様はしょんぼりと肩を落として、それから眉をハの字にすると、残った野菜の苗を見て息をつく。

「説明すると長くなるから、先にこれを植えてもいいかなあ？」

わたしはお父様の足元にある野菜の苗を見て、はあ、と嘆息した。

「……わたしも手伝うわ」

能天気なお父様は、ぱあっと顔を輝かせて笑った。


「で、なにがあったわけ？」

野菜の苗を植え終わる頃には、エッケハルトとお母様が戻ってきていた。

野菜と肉を買って、それから数個の飴も買ってもらったらしいエッケハルトがにこにこ笑っている。甘いものは久しぶりらしい。……うぅ、わたしのかわいい弟が。

お父様もわたしも土いじりをして汚れた服から着替えてきて、わたしたち家族はダイニングに集まっていた。

サロン？　この家にそんな洒落《しゃれ》たものはない。

お母様が「お茶を入れるわ～」と言ったので待っていたら、出されたのは白湯だった。

「……お茶？」

「ティーカップに入っていたらお茶でしょ～？」

なるほど、茶葉を買う余分なお金はなかったのね。理解した。でもねお母様、ティーカップに入っていても、白湯は所詮白湯よ。勝手に紅茶に進化したりしないの。

先ほどわたしの手持ちのお金は渡したけれど、この一年ですっかり節約が身についたお母様は茶葉なんて買わなかったらしい。それよりも食べ物を優先したのだろう。

エッケハルトは、白湯には興味がないようで、買ってもらった飴をひとつ口に入れて嬉《うれ》しそうだ。

「パパも飴ちゃん食べたいな～」「パパはだ～め」と呑気にやり取りしている両親に、わたしはこめかみに手をやった。頭痛が……。

「そうそう、なにがあったかだったねえ」

お父様が白湯をひと口飲んで、「せめて砂糖とレモンがあればいいのにねえ」なんてこぼしつつ、事情を説明してくれる。

「ええっとね、実はパパ、投資に失敗しちゃってねえ」

投下された言葉の爆弾にわたしは目を剥いた。

「は!? 投資!?」

ハインツェル伯爵領は目立った特産品はなかったが、困窮するほど貧乏な領地ではなかった。お父様もお母様も大金を欲しがるような性格ではなかったため、これまで投資なんてしたことがなかったはずだ。

「ほら、いつまでも領地だけの収益だといつか没落するかもしれないだろう？　パパの友達もそれで没落しちゃったし、今はいいけどエッケハルトの代まで安全かどうかはわからないから、パパも頑張ってみようと思ったんだよね」

「……そして、失敗したのね」

「うんそうなんだよね～！」

あはは～と笑っているが笑い事ではなかった。

だが、投資に失敗したのはわかるが、どうして邸をふたつとも手放す羽目になっているのだろう。

……というか、投資に回すほどの貯蓄ってうちにあったかしら？

怪しい……。

これはまだなにかありそうだなと思ってじとーっとお父様を見つめていると、うっと言葉に詰まったお父様がぼそぼそと付け加えた。指をもじもじしているけど全然かわいくないからね。

「ええっと、投資しようと決めたんだけど、投資に回すだけの蓄えがなかったからね、アンデルス伯爵家にね、借りたんだよね。ヨアヒム君が貸してあげるって言ってくれたから。だけど失敗してお金がなくなっただろう？　返せなくなったから、邸と領地を取り上げられちゃって……」

「ちょ、ちょっと待って‼　邸だけじゃなくて領地まで取り上げられたの⁉」

「しゃ、借金する時の担保ってやつでね……。あっ、でも、借金を完済したら返してくれるって言ってたよ‼」

……毎日ふかし芋で、茶葉も買えないような状況だったのに、借金を完済する目途が立っているとは思えないけど？

借金を返したら戻ってくると能天気なことを言っているが、返す目途も立っていなければ方法もないのにどうして能天気でいられるのだろう。

……もう信じられない、この昼行燈《ひるあんどん》‼

とうとう両手で頭を抱えると、お父様はちょっと言いにくそうに、「でね～」と続けた。

「領地はね、借金を完済したら返してもらえるんだけど、その、マルガレーテとヨアヒム君の婚約がね、今回の件で白紙に戻っちゃって……」

「ああそんなことは今はどうでもいいわ」

貴族令嬢として、婚約が破談になるのは問題と言えば問題だが、ヨアヒムよりもこの状況の方が何倍も深刻だ。というかヨアヒムのことは別に好きではなかったのでショックもなにも受けていない。住む場所も領地も取り上げられた伯爵令嬢をもらってくれる物好きなんて、そもそもいやしないだろうし、この際破談の傷なんて些細《ささい》なものだ。

……ああでも、エッケハルトのためになんとかしないと！

両親はのほほんとしているから危機感ゼロだが、このままだとエッケハルトが苦労をしょい込むことになる。

考えなしのお父様はそのうち領地を取り戻せるつもりでいるのかもしれないが、はっきり言おう。今のままだったら千年かかっても無理である。

「ちなみに借金っていかほど……？」

「えっと、金貨一万枚？」

……つまり十億円ですね‼

この馬鹿父‼と怒鳴りたくなるのをぐっと我慢する。

とんでもないことをしでかしてくれたお父様だが、エッケハルトのために父親らしいことをしようと頑張ったのだ。空回りどころかそれ以下だが、その気持ちは汲《く》んでやらねばなるまい。

……しかし、金貨一万枚の完済か。領地からの収入なしで、どうやって返せと？

借金を返済したら領地を返してくれると言っているが、わたしからすればどうあっても返す気はないように思えるけど。

いやでも、領地を奪われたままではいられない。なんとかして返済しなくては。

わたしはキッとお父様を睨《にら》んだ。

「お父様、借金返済のためには、お金を稼がなくてはダメなのよ」

「私もそう思ったんだけどね〜」

「パパってば商売の才能がないのよ〜。逆に損をしちゃったから、もうやめたら〜って言ったの」

……なるほど、すでに挑戦して損を出したと。

お母様のドレスや宝飾品などもあったはずだから、いくら借金を作って領地と邸を没収されたからといっても、一年でこんなに困窮しているのはおかしいと思っていたけど、どうやらそういうことですか。商売に失敗して、それらを売ったお金まで消し飛ばしちゃったんですね。

でも、お金を稼がないことには始まらない。

わたしは来月の聖魔法騎士団の入団試験を受けるけど、その給料だけじゃあ金貨一万枚を返済するのは到底不可能だ。

……くぅ！　こんなことなら、前世で異世界転生ものの小説や漫画を読み漁っておけばよかった！

友達に勧められて、一部が無料で読める電子書籍サイトで少しは読んだけど、主人公たちは異世界で生き抜くためになにをしていたっけ？

必死になって遠い昔のことのように思える前世の記憶を手繰ったわたしは、ハッとした。

……そうだ！　前世にあったものを異世界にあるもので再現して売りさばいて大儲《おおもう》けする物語があったわ！

これだ、とわたしは拳を握りしめる。

そして、宣言した。

「お父様、わたしがアイディアグッズの案を出すから、みんなでそれを作って！　そして、頑張ってお金を稼いで領地を取り戻すわよ！」

わたしは入団試験に合格して聖魔法騎士団に入団する予定なのでずっとはついていられないが、仕事終わりや休日を使えばいい。

なんとかお金儲けの手段を見つけなくてはと言ったわたしに、お父様たちは首をひねった。

「あいでぃあぐっずって、なんだい？」

……確かにこの世界にそんな単語はなかったわね。

逆を言えば、主婦の知恵的なアイディアグッズは誰も作っていないということよ。

わたしはお父様たちに「アイディアグッズ」を説明しながら、最初は元手がかからずに簡単にできるものがいいわよねと、考えを巡らせた。

☆

わたしがランデンベルグ国に戻ってきて一カ月が経った。

今日は聖魔法騎士団の入団試験の日だ。

ちなみに、お金儲けのためのアイディアグッズ製作の第一弾は、木があれば作れる孫の手にしておいた。

孫の手をそのまま商品名にしてもこの世界で理解されるかはわからなかったので、商品名は「猫の手」にしようと思っている。

その猫の手は、現在お父様がせっせと作っては試行錯誤を重ねていた。お父様は能天気だが、昔から手先は器用なので、ああいった細かい作業に向いている。

ちなみに試作一号はお母様が気に入って愛用していた。

これ、気持ちいいわね～なんて言っていたから、完成すれば多分売れる……はずだ。

適当なものを作って評判が悪かったりしたら次が売り出しにくくなるので、お父様には納得のいくクオリティに仕上げてもらうように伝えてある。

だが、いくら商売を始めたところですぐに上向くとは思っていないし、苦戦する可能性だって充分にある。

そのため、生活費は別で確保しておかなくてはならないので、今日の聖魔法騎士団の入団試験には、絶対に落ちるわけにはいかなかった。

……一年間しっかりコーフェルト聖国で勉強したし、成績も上位だったんだもの。大丈夫だって思いたい。

試験は筆記と実技の二種類だ。

まずは筆記試験でふるいにかけられ、合格点に達した者が実技試験に臨める。

筆記は聖魔法に関する基礎知識と法律だ。騎士も聖魔法騎士も前世で言うところの公務員のようなものなので、必要な法律を知らない人間はもちろん弾かれる。

筆記試験は難なくパスできたから、今日の実技試験に合格できれば、わたしは晴れて聖魔法騎士団に仲間入りだ。

……落ち着け、落ち着け～。

憧れの聖魔法騎士団。さらには、現在家族の生活も背負っているわたしとしてはなにがなんでも合格を勝ち取らなければならないので、プレッシャーが半端ない。

「なんだ、お前も受けに来たのか」

両手を握りしめて深呼吸をしていたわたしは、ふと、聞き覚えのある声に振り向いた。

青みがかった灰色の髪にグレーの瞳の、ひょろりと痩せ型の男が立っていて、わたしは思わずぐっと奥歯を噛《か》んだ。

ヨアヒム・アンデルス。

わたしが留学している間にいつの間にか婚約が解消されていた、元婚約者。

そして、お父様が借金を作った、アンデルス伯爵家の嫡男。

ヨアヒムの父親のアンデルス伯爵とわたしのお父様は昔から知己の間柄だ。アンデルス伯爵はお父様の性格を知っているため、投資に手を出しても失敗する可能性が高かったことくらいわかっていたはずである。

それなのに、能天気でお人よしのお父様に対して金を貸してやるなんて甘い言葉を囁《ささや》いて、その借金の形に領地を没収した。

もちろん、借金を作ったのはお父様だし、投資に失敗したのもお父様だ。

恨むのは筋違いだとわかっているが、なぜひと言、やめておけと止めてくれなかったのか。

そう思わずにはいられない。

ヨアヒムもヨアヒムだ。

お父様が投資を始めようとした時はまだわたしと婚約関係にあったのだから、未来の義父の愚行を諌《いさ》めるくらいしてくれてもよかったはずなのに。

……って、これじゃあ八つ当たりかしら。

なぜと思う気持ちはあるけれど、お父様の行動が招いた結果なのだから、これでは逆恨みだろう。

わたしは深呼吸して気持ちを落ち着けると、ヨアヒムに向き直る。

「ええ。留学から帰ってきたから。あなたも受けに来たのね」

ヨアヒムは二十歳。騎士団、聖魔法騎士団問わず、入団試験を受ける人間の平均年齢は十七歳から十九歳であるため、受けるにしては少しばかり遅いような気もする。

それに、ヨアヒムは聖魔法が得意ではなかったはずだ。

わたしが国費留学の選考試験を受けた時にヨアヒムも受けていたが、彼は不合格だった。

……あの時は散々八つ当たりをされたものね。女のくせにとか、かわいげがないとか。選考試験に合格することとかわいさのなにに関係があるのかわからないけど。

過去を思い出してちょっと苛立ちを覚えていると、ヨアヒムがはんっと鼻で嗤《わら》った。

「女の、しかも家が没落した人間が、聖魔法騎士団に入れると思っているのか？　お前みたいなのがいたら騎士団の品格が落ちる。邪魔だ。とっとと帰れよ」

……なんですと？

こいつはもともと性格が悪かったが、今のはかなりカチンときた。

聖魔法騎士団だけではなく剣や魔法で戦う騎士団にも女性は一定数いるし、試験に身分の垣根はない。平民でも、才能があれば聖魔法騎士団や騎士団の入団試験を受けることが可能だ。

そして、合格すれば身分に関係なく準騎士の称号がもらえる。

準騎士や騎士の称号はすなわち、準騎士爵、騎士爵という爵位で、その爵位は一代限りという制限はあるが、つまりは平民でも貴族の仲間入りができる数少ないチャンスであるため、受験者の中には平民も多く混じっていた。ただし、教育にかけられる金額の差から、最初の筆記試験で大半が落とされ、実技に残れる平民はほとんどいないけれど。

……筆記の合格点が足りていなくても、実技では充分に合格点を叩き出せる人もいるんでしょうに。もったいない。

前世と違って、ここは身分社会だ。

まあ、前世でも身分階級が残っている国もあったし、身分がなくとも格差社会だったため、平等とは言いがたい世界だったので、身分差によって悔しい思いをする人が出ることは、悲しいけれど仕方がないとも思っている。

全部が全部綺麗に平等である社会を作るのは、とても大変なことだから。

そしてそんな社会は競争を阻むので、成長しなくなる。

どっちがいいのかはわからないけれど、全部が丸く収まる方法がないのだけは確かだ。

わたしは腕を組むと、じろりとヨアヒムを見上げた。

ヨアヒムは特別背が高い方ではないが、女性の平均身長であるわたしと比べると十センチかそこらは高いので、目を睨みつけてやろうと思うと視線を上げることになる。

「試験の申し込みをした時に拒否されなかったわたしが、どうしてあなたの言うことを聞いて帰らないといけないわけ？」

「なんだと？　俺はお前のために言ってやってるんだぞ。聖魔法騎士団はエリート集団だ。お前みたいな落ちぶれた人間が受かるはずがないんだよ。恥をかきたくないだろう？」

……恥と言うなら、あんたがさっきから大声で『没落』だの『落ちぶれた』だの言ってくれるおかげでもうすでにかいているけどね‼　むしろあんたの存在が恥よ‼

試験会場で喧嘩《けんか》を吹っかけるような男が知り合いだと思うと恥ずかしくて仕方がない。

さっきから注目を集めているみたいで、視線が痛いし。

わたしは早々に、この恥ずかしい男から離れることを決断した。

「ご忠告どうも。でもわたしには必要ないわ。じゃあね」

おしゃべりをしていたら試験官に睨まれるかもしれないし、こいつのそばにいたらイライラするし、わたしはすたすたと試験グループが書かれている紙が張り出されている掲示板へ向かう。

……ほうほう。留学組は別枠なのか。

コーフェルト聖国に留学した人たちは聖魔法の基礎試験が免除されているため、ヨアヒムとはグループも試験内容も違うらしい。これであいつに煩わされなくて済む。

わたしに遅れて掲示板にやってきたヨアヒムが、グループ分けを確かめて、それからわたしをじろりと睨んできたが、もちろん無視だ。

……あんたに睨まれても痛くもかゆくもないわよ。というか、あんたと結婚しなくて済むと思うと、お父様が投資に失敗してよかったとすら思えちゃうから不思議だわ。

ヨアヒムとの婚約を望んだ今は亡きおじい様には悪いけど、おじい様のお友達がいい人だったからって、孫がそうだとは限らないのだ。

わたしはヨアヒムに背を向けて、留学組が集まっている場所へ向かって歩きだした。


基礎試験が免除されている留学組の試験は、病院で実際に病気や怪我に苦しむ人に聖魔法をかけて治癒を施すというものである。

この世界は、魔法なんてものがあるせいか、正直言って、医学はちっとも進歩していない。

いや、ある意味では、「魔法」によりものすごく進歩しているともいえるのか。

まず、病気や怪我は聖魔法、もしくは聖魔法の使い手が作ったポーションという薬で癒すのが基本だ。

化学薬品なんてものはないし、手術もない。

科学的に病気を分類するようなことはしないし、そのための研究機関もない。

全部魔法頼み。そしてそれですべて事足りる。さすがは異世界という感じだった。

ゆえに、今から向かう病院は、ポーションで怪我や病気が治癒できない人たちが、聖魔法の使い手に魔法をかけてもらうのを待機する場所である。

病気や怪我でほとんど動けない状態だったりすると家で面倒を見られないので、病院に入院させてお世話をしてもらったりする。これは、前世の介護に近い。

そして、痛み止めのポーションを飲みながら、聖魔法をかけてもらえる順番を待っているのだ。

ちなみに、聖魔法騎士団は、慰問という形で定期的に病院を訪れたりはするけれど、彼らの任務は病人や怪我人を治癒して回ることではなく国のために働くことなので、その頻度は少ない。

病院に入院する患者を癒すのは、主にその病院に勤めている聖魔法使いだ。そんな病院勤めの聖魔法使いを、この世界では「医者」と呼ぶのである。

聖魔法は普通の魔法よりも魔力消費量が多いため、一日に使える回数も限られている。だから治療は順番待ちになるわけだが、治療の順番を待っている患者にしてみたら、年に一度行われる聖魔法騎士団の入団試験日は、そんな順番を無視して怪我や病気を治してもらえるかもしれない最大のチャンスでもあった。

留学組のグループは、わたしを含めて五人。

そのうち三人がわたしと同時期に留学していた人たちで、顔見知りだ。

お互いに「頑張ろうね～」と励まし合っていると、残りのふたりにじろりと睨まれた。多分このふたりは、去年の入団試験で落ちたのだと思う。留学していても必ず受かるとは言えないのだ。

……聖魔法騎士団って、百人受けてひとりかふたり受かればいい方だとか言われてるくらいだもんね。

本当に狭き門なのである。そして、ヨアヒムの言葉を借りるのは癪《しゃく》だが、とってもエリートな集団なのだ。

……でも、家族の生活がかかっているから、わたしは落ちるわけにはいかないの。すーはーすーはー、落ち着けわたし。大丈夫、たくさん努力してきたんだから！

病院の玄関に到着したわたしは、その場でしばらく待機しているように言われた。

きっと試験監督の聖魔法騎士が来るのだろう。

聖魔法騎士団は、一から五の団に分かれている。

その中で第一聖魔法騎士団は別格扱いで、その団の団長は「総帥」と呼ばれ、全部の団を監督する立場にあった。つまり、聖魔法騎士団の中で一番偉い人だ。

そして、現第一聖魔法騎士団の団長で総帥であるのが、わたしの憧れのフリードリヒ・シュベンクフェルト様である。

フリードリヒ様は騎士団総帥でシュベンクフェルト公爵であると同時に、王弟殿下でもあった。

御年、二十九歳。

十九歳の時に第三聖魔法騎士団の団長になり、とんとん拍子で総帥の地位まで上り詰めたエリート中のエリートである。

ちなみに、私生活ではバツイチ独身、子どもなし、だ。

フリードリヒ様は一度結婚したのだけど、妻が浮気して、そしてその浮気相手と蒸発してしまったという、苦い過去を持つ方だった。

その経験から女性不信になってしまっているという噂もある。

……うぅ、かわいそう……！　でも好きぃ！

実はわたし、フリードリヒ様とは一度会ったことがあるのだ。

フリードリヒ様は覚えていないだろうが、わたしはしっかり覚えている。

あれは、わたしが八歳の時のことだ。

当時、お母様はエッケハルトを妊娠中で、つわりがひどかったため、わたしの遊び相手はもっぱらお父様だった。

そんなお父様と領地を散歩していた時に、わたしはうっかり溝にはまって怪我をしてしまった。

顔面からべしゃっと転んだわたしは額を切ってしまい、その傷からはだらだらと血が溢《あふ》れた。

おでこって、それほど大きくない怪我でも、びっくりするほど血が出るのよね～。

お父様は血を流すわたしに滅茶苦茶大慌てをして、ぎゃーぎゃー叫んで、わたしを抱きかかえると、近くの町の病院まで急いだ。

わたし、実は前世で看護学校に通っていた学生だったから、傷の手当ての方法くらいわかるんだけど、さすがに怪我をしたばかりで痛くてそれどころじゃなくて、痛みを我慢しているうちに慌てまくったお父様に運ばれてあっという間に病院に到着した。

でも、運が悪いことにその日の病院は通院者でごった返していて、すぐに治療を受けられるような状況ではなかったのだ。

お父様が半泣き状態で『娘が！　娘があ！』と叫んでいるのをやれやれと思いながら見やりつつ、『これ、前世だったら縫うレベルの怪我かなあ。針と糸を煮沸消毒したら、自分で縫えるかなあ』なんて、ちょっと冷静になったわたしが考えていた時だった。

『血だらけだな』

大騒ぎしているお父様を眺めていたわたしの背後からそんな声がした。

見上げると、長い銀髪を首の後ろでひとつに束ねた、藍色の瞳の背の高い青年が立っていた。

銀糸の刺繍《ししゅう》の入った真っ白い詰襟の制服は知っている。聖魔法騎士団の制服だ。

……わっ、めっちゃイケメン！　お父様も顔だけイケメンだけど、この人の方がカッコいいかも！

お父様は顔がよくても中身が残念すぎるので、どうもイケメンだと思えない。

ジッとこちらを見下ろしている藍色の瞳を見つめ返してぽーっとなっていると、彼はわたしのそばに膝をついた。

『ああ、ひどく切ったな。かわいそうに。待っていなさい』

『フリードリヒ様、今日はもう……』

『この程度の怪我を癒すくらいの魔力なら残っている』

そばにいた部下の人をそう言って制して、イケメン――フリードリヒ様がわたしの傷に手をかざす。

傷がふわりと温かくなって、瞬きを一度する間に痛みが消え、傷が塞がっていた。

『これでよさそうだな。だが、血が多く出ていたようだから、今日は一日おとなしくしておきなさい』

ぽん、とわたしの頭に手を置いて、フリードリヒ様がうっすらと微笑んだ。

……わーわーわあああああ！　カッコいい‼

ぽーっとなるわたしを置いて、フリードリヒ様はすぐにいなくなってしまったので、まともにお礼も言えなかったことだけが心残りだ。

受付に向かって騒いでいたお父様が戻ってきて、怪我が癒えていたわたしに驚いていたが、お父様に説明する心の余裕もなかった。

……あんな人、いるんだ……。

後から知った話だが、ちょうどあの日、フリードリヒ様たち聖魔法騎士がうちのハインツェル伯爵領に慰問に来ていたらしい。

どうやらそのせいで、いつもより病院は人が多かったみたいだ。

聖魔法騎士たちは慰問に来てもわざわざ領主に挨拶したりしないから、お父様も知らなかったようで、運がよかったなあと泣いて喜んでいた。

ちなみに、お父様は名前も名乗らずに病院の受付で騒いでいたらしく、後からお父様が領主だと知った病院の院長が血相を変えて我が家に謝罪に来たのを見た時にはあきれてしまったわね。

……お父様、本当に迷惑をかけて。

うちのお父様は権力を振りかざすようなことはしないけど、院長からすれば領主を無下に扱ったと血の気が引く思いだったに違いない。

平身低頭謝罪する院長に、子ども心に胸が痛んだものである。父よ、もう少し考えろ？　うちの子の怪我は治ったから気にしてませんよ～ははは～じゃないからね。

わたしがそんな昔の思い出に思いを馳《は》せていると、病院の玄関に六人の聖魔法騎士が到着した。

さっと礼を取ったわたしは、顔を上げるように言われて息を呑《の》む。

……ひえええええええ!?

目の前に、憧れのフリードリヒ・シュベンクフェルト様がいた。

わたしたちの試験監督は第一聖魔法騎士団が受け持つそうだ。

受験生ひとりに試験監督がひとりつき、フリードリヒ様は全体の監督者として同行したらしい。

……な、なんてラッキーな‼

二十九歳のフリードリヒ様は、渋さが増してイケメン度合いに磨きがかかっていた。

わずかに眉の寄ったちょっと厳しい表情もたまらない。

……ああ、素敵。

昔は長かった銀髪は、今は肩をいくらか過ぎたくらいの長さになっている。

フリードリヒ様はわたしたち受験生五人を順番に見やってから、試験の説明と注意事項を述べた。

試験内容は、この病院内の患者を癒すこと。

治療の難易度、人数については各自で判断し治療にあたること。

ただし、力の使いすぎには注意すること。

「己の力量もわからず力を使いすぎて倒れるような団員は不要だ。聖魔法騎士団は騎士団の魔物討伐にも同行することになる。その際、魔力の使いすぎで倒れるようなことがあれば足手まといになり、最悪の場合は見捨てられる。心せよ」

つまりは、魔力を使いすぎて倒れたらその時点で不合格ってことでいいのよね？

手を抜くのはもちろんダメだけど、無茶をしてもダメ。多少の余力を残しつつ、どれだけの治療を行えるのか、それを見られているってことね。

わたしの担当はミヒャエラさんという三十歳くらいの女性聖魔法騎士だった。

「マルガレーテ・ハインツェルです。どうぞよろしくお願いいたします」

「留学していたコーフェルト聖国の学園でも優秀な成績を収めた人ね。楽しみにしているわ」

ミヒャエラさんがにこりと微笑む。

国費留学生の成績は国に報告される。その情報が聖魔法騎士団にも共有されているのだろう。

「それで、まずはどこに行くのかしら？」

誰を治療するのかも、何人治療するのかも、受験生にゆだねられている。

わたしは配られた名簿を確かめた。

……差別するわけじゃないけど、重傷者やお年寄り、もしくは子どもを優先したいわよね。

重傷者は、それだけ切迫している。治療の順番が間に合わず命を落とすことだってありえるから、できれば優先的に診たい。

また、お年寄りや子どもは体力的な問題もあるから、長く病気や怪我で苦しませたくなかった。

「まずは、重症患者がいる四階に向かいたいです」

「わかったわ」

わたしと同じ考えなのか、同じく四階に上がる受験者がふたりいた。

ただし、四階にも何部屋もあるため、同じ部屋には入らない。

わたしが入った部屋には四人の患者が寝ていた。

わたしと試験監督であるミヒャエラさんが入室すると、患者たちの視線が一様にこちらに向く。誰もが期待した目でこちらを見ていた。

……病気や怪我で長く苦しみたい人なんていないもんね。

「まずはこの部屋にします」

わたしが宣言すると、部屋の中にいた人たちがホッと笑ったのがわかる。

わたしはさらに安心させるように、「全員、順番に診ますから」と伝えてから、入り口に一番近いところに寝ていた三十半ばほどの男性に近付いた。

「失礼しますね」

配られたリストにはどのくらい入院しているのか、どんな症状があるのかが書かれていたが、なんでも魔法で治すこの世界では詳しい病状までは書いていない。

というか、レントゲンも血液検査もないから、具体的に特定できないと言った方が正解だ。

……黄疸《おうだん》が出てるわね。

肝炎か、もしくは、肝臓癌《がん》やすい臓癌って可能性もあるかもしれない。

前世でいくら看護学校の学生だったからといって、実践を積んだわけではないので素人同然だ。決めつけるのはよくない。

……でも、多少場所を絞った方が効率がいいし、効きもいい。

わたしは内臓全体に聖魔法をかけることにした。

特定の箇所に聖魔法をかける方法はわたし独自のやり方といってもいい。

目に見える怪我ならともかく、病気が相手ならば、聖魔法使いは全身に聖魔法をかけるのだ。それが正しいやり方だと言われている。

確かに、全体にかけてしまえば見落としはない。

だが、効率がすこぶる悪い。なぜならその分、多くの魔力を使うので、一度にたくさんの人を癒せなくなるからだ。経験や保有魔力の大小にもよるだろうが、平均的な能力の聖魔法の使い手で一日に二、三人治せるかどうかというくらいだ。

少なくともこの部屋の四人は全員治してあげたいので、わたしは効率を重視することにした。

「マルガレーテ、その患者は怪我ではありませんよ」

「はい。承知しています」

わたしが患者の腹部に手を当てたからか、ミヒャエラさんが不思議そうな顔をする。病人の場合は手を握って全体に聖魔法をかけるのが普通だからだろう。

ミヒャエラさんはそれ以上はなにも言わず、ジッとわたしのやり方を見ていた。これも試験なので、あまり口を出してはいけないようだ。

わたしはゆっくりと、腹部全体に聖魔法をかけていく。

疾患が消え、内臓機能が戻れば、やがて黄疸も消えるはずだ。

治癒を終えると、男性患者がお腹のあたりを撫《な》でて笑った。

「ああ、痛くなくなったよ。ありがとう」

「よかったです。数日様子を見て、あとは先生の指示に従ってくださいね」

わたしは次に、その患者の隣のベッドへ向かった。

そこに寝ていたのは六十歳前後ほどの男性だ。

息をするたびにひゅーひゅーと音がして、熱もあるため、肺炎が疑われる。

……まずは肺に癒しをかけ、あとはポーションを飲みながらウイルスを殺せば大丈夫ね。

自作であれば、試験にポーションを持参していいことになっている。

聖魔法で治癒するか、それともポーションを使うかの判断ができることも試験の重要な要素だからだ。

ポーションには種類があり、中にはその聖魔法使いしか知らないような秘伝のレシピもあったりする。どの薬草をどのくらい組み合わせるかによって効果が変わるため、聖魔法使いは独自にアレンジを加えたりするのだ。

かくいうわたしも、研究に研究を重ねて独自のレシピを持っている。今日はその独自のレシピで作ったポーションを数種類、二十本ほど持ってきていた。

わたしはまず男性の肺に聖魔法をかけ、その後で鞄から体内のウイルスを殺すことに重点を置いたポーションを取り出した。

「息苦しさは消えましたか？」

「ああ。よくなったよ。ありがとう」

「よかったです。ただ、体の中にはまだ悪い菌……ええっと、病気の卵のようなものが残っているため、このポーションを飲んでください。一本でも効くと思いますが、念のためもう一本渡しておきますので、これは明日飲んでくださいね」

患者にポーションを二本渡して、わたしは自分の手のひらを見つめる。

……うん。まだ全然余裕ね。

こうして自分の魔力残量を把握するのも重要なことだ。

これならこの部屋の患者を全員癒した後で、他の部屋にも向かえるだろうと思ってホッとしたわたしは、部屋の入り口にもたれかかるようにフリードリヒ様が立っていることに気が付いて目を見開く。

目が合うと、フリードリヒ様が藍色の瞳をわずかに細める。

「私のことは気にしなくていい。続けなさい」

「は、はい……！」

見られていたなんて、とドキドキしたけれど、これは試験なのだ。試験監督であるフリードリヒ様が見に来たってなんら不思議ではないのである。

わたしはフリードリヒ様の視線に緊張しながら、次の患者へ移った。

☆

「マルガレーテ、合格おめでとう～‼」

試験の日から一週間後。

合格者リストを見に城の入り口に向かったわたしは、張り出されている紙に自分の名前があるのを見つけた。つまり合格だ。

ヨアヒムの名前はなかったので、不合格だったのだろう。まあ、そうだろうとは思っていた。だって、わたしが知る限り、ヨアヒム、聖魔法ほとんど使えないもの。なんで試験を受けに来たんだろうって思ったくらいだわ。

わたしが聖魔法騎士団の入団試験に合格したから、今日は一応ご馳走だ。

まあ、ご馳走といっても、玉ねぎとパン粉でかさ増しした、わたしのお手製ハンバーグとスープ、それからパン。あとはデザートの、これまたわたしの手作りプリンである。

借金を抱えてからお母様が料理を頑張っていたようだが、はっきり言って、お母様の料理は適当も適当だ。蒸した芋。塩水にちょろっと野菜を投入しただけのスープ。肉が手に入れば肉を焼く。そのくらいしかできないので、我が弟エッケハルトには大変不評だった。

お父様はお母様が頑張って作っているのを知っているので、『美味《おい》しいよ〜』と言いながら食べていたようだけど、お父様がそんなことを言うものだからお母様がそれ以上を目指すはずもない。

おかげで、わたしが帰ってきてからは料理担当はもっぱらわたしになっていた。

……だって、エッケハルトが泣きつくんだもん。かわいい弟の願いは叶えてあげたいじゃない？

ただ、わたしの聖魔法騎士団への入団が決まったため、今後はそうはいかなくなる。

なぜならわたしは日中は仕事なので、どうしても昼食はお母様に作ってもらわなくてはならないし、騎士に同行したり、慰問に向かったりする予定が入れば何週間も留守にすることだってありえるのだ。

そのため、わたしはお母様に簡単な料理を教えて、なんとかレパートリーを増やしてもらった。

料理って、こんなに手間がかかるのねえ〜、なんて面倒くさそうな顔で言ってるから不安でしかないけど、息子のためなら頑張ってくれると思いたい。

……待っていなさい弟よ。初任給が入ったら、美味しいお菓子を買ってあげるから！

聖魔法騎士団の初任給は、月に金貨五枚だと聞いている。かなり高い。前世基準でいうと五十万だ。

その一部を、アイディアグッズを作るための材料費にあて、残りを生活費に回すつもりだが、贅沢《ぜいたく》をしなければ余裕のある暮らしができるだろう。

この家の家賃は月に銀貨二枚だというので――使っていないぼろい民家だったので安かったらしい。ただし、雨漏りがするのが難点だ――、固定費に泣かされることもない。

……孫の手ならぬ猫の手も十本くらいできたし、このあたりで、売れるかどうか試してみたいわよね。

わたしたち家族には商売の心得がないし、ツテもないので、売るならどこかの商会に話を持っていきたいものだ。また考えてみよう。

「そういえばね、裏庭のトマトに花が咲いたんだよ」

王都は、もうじき春が終わる。

夏になれば、お父様がせっせと耕した裏庭の菜園から野菜が収穫できることだろう。

……トマトに花が咲いたと喜ぶ伯爵もいないわよねえ。

だが、お父様のこんなのほほんとした様子に和むのも事実だ。

「僕も見たよ。トマトの花って黄色いんだね。実と同じで赤いのかと思ってた」

「エッケハルト、トマトの実は、熟れたら赤くなるけど、熟れる前は緑色をしているのよ。そして緑色のトマトは全然美味しくないから、赤くなるまで待たないとダメよ」

「「へー、そうなんだ～」」

エッケハルトだけじゃなくお父様もお母様も知らなかったのか。よかった、教えておいて。緑色をしたままのトマトが食卓に並ぶところだったわ……。恐ろしい。

「じゃあナスも緑なの？」

「え？　いやナスは紫色のままだった気がするけど、どうなのかしら？」

「苗をくれたご近所さんから、これは白いナスだよって言われたよ」

「じゃあお父様、そのご近所さんに収穫のタイミングも聞けばどう？」

「それもそうだね～」

「父様は猫の手を作るのに忙しいから、畑の世話は僕がするよ。僕ももう十歳だからね！」

……うぅ、うちの弟が頼もしかわいい！　待ってて、お姉ちゃんが早く借金をなんとかして、元の生活に戻してあげるからね‼

「あ、そうだ。聖魔法騎士団に正式入団したから、許可を取ればポーションも売れるはずなのよ。余裕ができたらポーションも販売するわ」

自分が使う分なら作るのは自由だが、ポーションを販売するとなると許可が必要になる。

コーフェルト聖国に留学していた時は、訓練の一環で作っていて、一定の品質をクリアしたものは学園が買い取ってくれていた。だからお金が稼げていたのだが、こちらに戻ってからはそうはいかなかったのだ。それが、聖魔法騎士団入団でクリアになる。

……よし！　アイディアグッズとポーションで、さっさと借金を返済して元の生活を取り戻すわよ‼　打倒金貨一万枚（十億円）！　えいえい、お〜‼

二、いきなり騎士団長直属の団に入団が決まりました

合格発表日の三日後が初出勤のため、仕事が始まるまでの間に、わたしは猫の手を販売してくれそうな商会を探すことにした。

あては、あるにはある。

お母様の実家であるボーデ子爵家だ。

ボーデ子爵家は、十年ほど前に輸入品を扱う商会を興している。

母方の祖父母は存命だが、ボーデ子爵家は数年前に伯父が代替わりをしていて、伯父夫婦は仕事の関係で年中王都暮らしをしていた。

まあ、ボーデ子爵家は領地を持っていないので、商いをしていなくてもほとんど王都暮らしだったのだが。

ちなみに、わたしの父ヘンリック・ハインツェルが投資で大損した時に借金の肩代わりをそれとなくお願いしに行ったらしいが、伯父様は『馬鹿に貸す金はない！』と激怒したらしい。

……うん。まあそうだよね。他人にお金を借りて慣れない投資をした挙句、金貨一万枚の借金を抱える羽目になったとか、普通は怒るわ。いくら身内でも、「仕方ないなあよしよし、私がなんとかしてあげよう」なんて言うはずがない。なんとかしてもらえるかもしれないと考え

たお父様が甘いのだ。

伯父様は、なぜ投資を始める前に相談に来なかったと怒ったそうだが、まったくその通りだと思う。

お父様が頼るべくは、どう考えてもアンデルス伯爵ではなく伯父様だったはずである。

妻の兄に散々怒られたお父様はすっかり委縮してしまって、ボーデ子爵に頼るに頼れない状況に陥っているようだが、今のこの状況で一番頼れるのはやっぱり身内しかいない。

……あのおんぼろな邸も、なんだかんだで伯父様が口利きしてくれたんでしょう？　お金は貸さないけど、路頭に迷わなくて済むように、安くて比較的よさそうな家を探してくれたっていうじゃない。感謝した方がいいわよ～、お父様。

しかも、ほぼ無一文だったお父様たちを憐《あわ》れんで、こっそりとお母様に金貨を数枚渡してくれたらしい。それがなければ食べるものにも困っていたはずだ。

そんなわけで、お金を貸してほしいとか、借金の返済を手伝ってほしいとか、そういう無茶なお願いでなければ伯父様は話を聞いてくれるはずだ。

わたしはお父様が作った「猫の手」を数本抱えて、王都のボーデ子爵家の邸へ向かった。

ボーデ子爵家は王都の貴族街に、子爵家にしてはかなり大きな邸を構えている。

顔見知りの門番がすぐに門を開けてくれて、玄関へ向かうと、好々爺《こうこうや》然とした執事が迎えてくれた。

「マルガレーテお嬢様ではないですか。留学から戻られたんですね。しばらく会わないうちに、大人っぽくおなりで」

「ふふ、ありがとう。それから急いでいたから突然来ちゃったんだけど、伯父様はいらっしゃるかしら？」

「ええ、いらっしゃいますよ。呼んでまいりますので、サロンへどうぞ」

執事に通されてサロンで待っていると、伯父様より先に伯母様と、それから従兄である伯父夫婦の息子ふたりがサロンへ乗り込んできた。

「まあ、マルガレーテ！　お帰りなさい。それから、大変だったのではなくて？　驚いたでしょう？　それで、今はどうしているの？」

「マルガレーテ、あの馬鹿に婚約を解消されたんだってな。なんならうちの弟と婚約しとくか？」

「お帰りマルガレーテ。帰ってきたなら連絡の一本くらいしろよな。まあ、それどころじゃなかったのかもしれないけどさ」

三人がわたしを囲んで同時にわいわい言いはじめる。

お願いだから順番にしゃべってほしいのに、この一家は昔からこんな調子だ。商売をしていると押しが強くなるのだろうか。

とりあえず近況を聞いてきた伯母様に、聖魔法騎士団への入団が決まったと伝えると、三人がまた口々に「おめでとう！」と言い出す。

ただし、「おめでとう」だけでは終わらない。また三人が三人とも別々の質問を投げてきて、わたしが途方に暮れていると、ゴホンと咳払《せきばら》いの音がした。

……救世主！

扉を見たら、伯父様が苦笑して立っている。

「お前たち、マルガレーテは私に用があって来たんだ。ほら、部屋から出ていきなさい」

「久しぶりに会ったんですのに……」

「積もる話は今度すればいいだろう？　マルガレーテも、聖魔法騎士団への入団が決まったなら忙しいはずだ。無駄な時間を使わせてはいけないよ。時間は無限ではないからな」

伯母様と従兄たちはむーっと口をとがらせるが、家長である伯父様の指示に逆らうつもりはないのか、素直に部屋から出ていった。

ホッとしつつ、わたしは伯父様に挨拶をして、それから留学から戻ってきてすぐに連絡を入れなかったことを詫びる。

「気にしなくていい。驚いただろうしな」

「驚いたなんてものじゃないですよ……」

「私からもきつく説教をしておいたが、ヘンリックのあの性格では自分で領地を取り戻すことはできんだろうな。それで、ヘンリックに頼まれて来たのか？」

「まさか。いくらなんでも、お父様が作った借金を伯父様に肩代わりしてくださいなんて言えませんってば」

「理解してくれて助かるよ。さすがに金貨一万枚は、ぽんとやれるような金額じゃないからな」

「まったくです」

「ただまあ、なにもしてやらないのはさすがに良心が痛むからね。一応、ヘンリックが作った借金が妥当なものだったのか、それから投資話がまっとうなものだったのかについてはこちらで調べさせている。調べた内容によっては借金の減額が叶うかもしれない。ただし、ヘンリックには言うなよ。あれはもう少し反省させるべきだ。いつまでも子どものようにのほほんとして、困った義弟だよ」

なるほど、それに関しては頭が回らなかった。

確かに、金貨一万枚という大金だ。普通はぽんと貸すようなお金ではない。伯父様の言う通り、なにかおかしな点があるかもしれなかった。

……さすが伯父様、頼りになるぅ！

多少なりとも借金が減額されれば、それだけ返済が楽になる。この件は伯父様に任せておこう。いいようにしてくれるはずだ。

「それで、借金の話でなければ今日はなんの用事なんだ？　連絡もなく突然訪ねてくるなんて、マルガレーテらしくないじゃないか」

「聖魔法騎士団への入団が三日後なので、それまでにお話を通しておきたかったんです。突然来てすみません。実は、借金返済のためにアイディアグッズ……じゃなくて、いくつか商品を開発して、それを売りたいと思っていまして。伯父様のお力を借りたいんです」

「なにを売るつもりか知らないが、売れる見込みのないものは、いくら身内の頼みでも取り扱わないぞ」

「そう言うと思って、試作品を持ってきました」

わたしは持ってきた袋の中から、試作品の猫の手を五本ほど取り出した。家にはまだ十本ほどの在庫があるが、全部は持ってきていない。まずは感触を見るためだ。好感触であれば追加で持ってくるように言われるはずなので、その時に在庫がなければ焦ることにもなるし。

「木の棒？　にしては少し妙な形をしているが、これはなんだ？」

「これはこうして使うんです」

孫の手ならぬ猫の手を持って、わたしが背中をかく仕草をすると、伯父様がますます不思議そうな顔になる。

「そんなことをしてなにになる？」

「この商品の売りは『かゆいところに手が届く！』です。ほら、背中って自分じゃかきにくいでしょう？　これ、結構気持ちがいいんですよ。お母様も気に入っているんです。ほら、試して試して！」

伯父様は怪訝そうな表情のまま猫の手を手に取ると、わたしと同じように背中をかりかりしはじめた。最初は半信半疑だった伯父様が、だんだんと「ほう」と感心したような顔になる。

「なるほど、単純だが、悪くはない」

「でしょう?」

「それで、これを売ると? 販売の仕方によっては売れなくもないとは思うが、ただの木の棒だ、高値はつけられないぞ。こんなものをちまちまと作って売っても、金貨一万枚を稼ぐにはほど遠いだろう」

……ふふふ、伯父様もまだまだ甘いわね!

主婦の知恵グッズは、ひとつひとつの金額が小さくともヒットしたら大金を稼ぎ出すのよ!

そしてこれは第一弾。これが軌道に乗れば第二弾、第三弾も考えますとも!

わたしはにっこりと笑った。

「伯父様にお願いしたいのは、まずこれが売れるかどうか試してほしいのと、それから、伯父様が売れると判断したら、工場を作って量産して売ってほしいんです。そのうちの一部を権利として回してもらえれば、あとは伯父様の好きにして大丈夫ってことで」

「つまり、国内で販売するなり国外に輸出するなり好きにしろと?」

「そういうこと」

題して、全部丸投げして特許収入だけいただこう作戦だ。

伯父様は目を細めると、ふっと息を吐き出す。

「お前は昔からちゃっかりしているな」

「賢いって言ってください」

「ああ、賢いよ。ヘンリックとコルネリアの間に生まれたとは思えないほどしっかりしている」

伯父様はふと真顔になって、ジッと猫の手を見つめた。

「たったこれだけだと判断しにくい。感触を見るために先にこの五本だけ店頭に並べておくが、できるだけ早めに追加の在庫を持ってきなさい。最低でもあと三十本ほどは欲しい。どのくらい動くか見てみたいからな」

「それだったら、店頭で実演販売……じゃなくて、使い方をレクチャーしながら売ってくださ い。なんなら見本として一本置いておいて、実際に使ってみてもらうのがいいと思います」

「そんな販売の仕方、初めて聞いたぞ」

「初めての商品だから、初めての方法ですよ。使い方がわからなかったら売れないでしょうし、この気持ちよさがわかったら買ってくれるかもしれないじゃないですか」

「ふむ、一理ある。で、価格設定は？」

「お任せします。ただ、現在うちは厳しい状況なんで、できれば一本当たり銅貨三枚くらいの利益があると嬉しいです」

銅貨一枚でだいたい千円。今回は材料費もこっちで持って、製作も請け負っているので結構高めの設定だ。ちなみに銅貨だけ、その下に小銅貨という単位がある。小銅貨一枚でおよそ十円ほどの価値だ。それ以下の価値に相当するお金は存在しない。小銅貨一枚以下で売られているものはないから、必要とされていないのである。

もちろん一本当たり銅貨三枚程度の儲けでは金貨一万枚には遠く及ばないが、商品がヒットして量産体制が整えばまとまった収入が見込める。

「銅貨三枚か。こちらの利益も入れると銅貨五枚が妥当なところか。これ以上上げると平民相手にはちょっと厳しいからな」

伯父様が頭の中で素早くそろばんを弾いているのが見える気がした。

伯父様は儲からない商売はしない。猫の手は銅貨五枚なら売る自信があるということだ。

「わかった。一本を見本に、残り四本をすぐに店頭に並べさせよう。売れ行きは追って連絡する」

「伯父様、ありがとう！」

「かわいい姪《めい》の頼みだ、このくらいのことならなんてことないよ」

持つべきものは頼りになる伯父様である。

猫の手の販売ルートをゲットしたわたしは、ほくほく顔で家に帰ったのだった。

☆

聖魔法騎士団の入団試験の今年の合格者は、わたしを含めてわずか四名だ。

入団試験の受験者数が三百名。そのうち、筆記試験に合格して実技試験に残れたのが約五十名と考えると、とんでもない倍率である。

入団とともに叙勲されるので、わたしは今日から準騎士爵の爵位持ちだ。ただ、いちいち家名を新しく取ったりはしないので、名前はそのままマルガレーテ・ハインツェルである。

……姓を持っていない平民は、叙勲とともに姓を取ったりするみたいだけどね。

貴族は複数の爵位を保有するのも珍しくはないが、その中で一番高い爵位を名乗るのが基本なので、わたしが準騎士爵を名乗る日は来ないだろう。わたしは伯爵ではないが伯爵令嬢なので、名乗る際はハインツェル伯爵令嬢と名乗るのである。

だが、準騎士の称号を持っているのはカッコいい気がするし、肩章つきの真っ白い制服もとってもカッコいいので、たまらなくいい気分だ。

聖魔法騎士団の仕事場は、城の敷地内にある騎士棟である。

それぞれの騎士団にひとつ棟があるので、所属する団の棟に通うことになる。

……ええっと、わたしは〜って、ええええええ!?

第一聖魔法騎士団の棟の前に、合格者四名の所属先の振り分けが張り出してあるので確認に行ったわたしは、大きく目を見開いた。

だって、わたしの所属先が第一聖魔法騎士団なのだ。

一から五の団がある聖魔法騎士団の中でも、団長が総帥も務める第一聖魔法騎士団は別格の扱いだ。

普通、新人は配属されないはずである。

……新人は第二から第五の団のいずれかに配属されるはずでしょう？

合格者数が四名だったので、わたしはてっきり二から五の団にそれぞれ一名ずつ配属されるのだと思っていた。

張り紙を見て茫然《ぼうぜん》としていると、第一聖魔法騎士団の棟から、見覚えのある女性聖魔法騎士がかけてくるのが見えた。

「あ、いたいた！　マルガレーテ！」

笑顔で手を振りながら走ってきたのは、入団試験の際にわたしの試験監督を務めていたミヒャエラさんだった。

「ごめんねえ、驚かせたでしょう？　とりあえず入って。ざっと棟の中の説明をした後で、マルガレーテの仕事部屋を案内するから」

「あ、あの……、ええっと、わたし、本当に第一聖魔法騎士団所属なんですか？」

「そうよ。入団試験の時のマルガレーテの成績、すごくよかったの。それでフリードリヒ様が急遽《きゅうきょ》所属先をうちの団に変更させたのよ。本当は第二だったんだけどね。おかげで第二の団長が怒る怒る」

「へ、へえ……」

そんな勝手が許されるんだ。さすが総帥で公爵で王弟殿下……。

……あ、でも待って！　ってことは、フリードリヒ様の団ってことじゃない！　ラッキー‼

所属の団が違えば、関わり合いになる機会も非常に少なくなるが、同じ団ならそれなりに接点があるだろう。

ありがとう神様‼

憧れの人を団長と仰いで仕事ができるなんて、こんなに素敵なことはないだろう。

もともと楽しみにしていたが、一気にやる気が出てきた。

「それから、わたしがマルガレーテの教育係になったからよろしくね。あと、フリードリヒ様は……その、とっつきにくいところがある人だけど、あんまり気にしないで。仕事上で差別や区別はしないけど、女性騎士とは距離を取る傾向にある方だから」

……奥さんが浮気相手と蒸発したから女性嫌いになったってあの噂、本当だったんだ。

事情を察して頷《うなず》いていると「その顔だと知っているのね」とミヒャエラさんが苦笑する。

「そういうことだから、フリードリヒ様とは上司と部下として、常識の範囲内で接してくれる？　あの顔と身分でしょう？　たまにいるのよね、必要以上に距離を縮めようとして、怒らせる女の子が……。ああ、安心して、うちの団にはそういう子はいないから。いても追い出しちゃうし、フリードリヒ様」

……お、追い出されるのは嫌だから気を付けよう……。

「あ、ここがマルガレーテの部屋よ。ちなみにわたしは隣の部屋を使っているから、困ったことがあったらいつでも呼んでくれていいから。それから、仕事中の飲食はオッケーだけど、その時はここのソファ席を使うこと。前に書類仕事をしながら紅茶を飲んでいた団員が、うっかり書類に紅茶をこぼしてダメにしたことがあってね～。それからライティングデスクでの飲食が禁止になったのよ」

騎士団に届けられる書類には重要なものも多いだろう。そんな書類をダメにしたら始末書ものだ。書類の重要度合いによっては、聖魔法騎士団から追い出される可能性もある。

わかりました、と頷くと、ミヒャエラさんはわたしの部屋のライティングデスクの上に置かれていた予定表をわたしに見せた。

「これが今月の予定表。今月は遠出はないけど、王都内の病院への慰問が一回入っているわ。あと、騎士団の訓練場に、必ず二名の聖魔法騎士が待機しておくっていうルールがあって、マルガレーテはわたしとセットで行動することになるから、三週間後のこの日ね。今月が第一聖魔法騎士団の番なのよ～」

「そんなルールがあったんですね」

「そうなの。ほら、騎士団は聖魔法騎士団と違って血の気が多い人が多いでしょ？　訓練中にたまに大怪我をすることがあるのよ。小さな怪我ならポーションでなんとかなるけど、大怪我はさすがにね。まったく、訓練試合で本気にならないでほしいわよねぇ？　ま、聖魔法が必要になる大怪我なんて、一週間に一回あるかないかくらいだから、たいていは暇つぶしにポーションを作りながら眺めているだけよ」

予定表を眺めていたわたしは、そこでポーションの販売許可のことを思い出した。

「あ、ミヒャエラさん。そのポーションのことですけど、団員になったので、もう販売許可は出ていると考えてもいいですか？」

「あら、ポーションを売るの？　……ああ、マルガレーテのお家は今大変なんだったわね。ええ、仕事で作ったポーションは聖魔法騎士団に納めてもらうけど、それ以外で作ったものは販売して構わないわよ。なんなら、適正価格で購入してくれる病院を紹介してあげるわ。たまに新人団員だって馬鹿にして買い叩く人がいるからね」

「ありがとうございます！」

「ただし、普通のポーション以外に、独自改良したポーションを売る場合は病院には自分でプレゼンしてちょうだいね。そうねえ……たとえば、あなたが入団試験の実技試験の時に使ったようなポーションとか？　あれ、フリードリヒ様が興味を示していたから根掘り葉掘り聞かれるわよ、きっと」

「え？」

「ほら、ええっと、病気の卵みたいなのが体に残っているから飲んでねって渡したポーションがあったでしょう？　病気の卵っていうのも初めて聞いたし、なんの効果が付与されているポーションなのかって、フリードリヒ様、興味津々だったわよ」

……あれ、もしかしてわたしが異例の第一聖魔法騎士団所属になったのって、それが原因だったりする？

「じゃあ最後に、フリードリヒ様に挨拶に行きましょう。その後はポーション作りよ。書類仕事はもう少し慣れてからね」

行くわよ〜と気楽な感じでミヒャエラさんは歩きだしたが、憧れのフリードリヒ様に挨拶と聞いて、わたしはかっちんこっちんに緊張した。

……待って待って〜！　せめて心の準備を……‼

そんなわたしの心の中の悲鳴などミヒャエラさんに聞こえるはずもなく、わたしは棟の三階にある団長室へ案内された。

すーはーすーはーと深呼吸を繰り返すわたしを置き去りに、ミヒャエラさんはさっさと団長室の扉をノックしてしまう。

「団長、入りますよ〜」

フリードリヒ様は王弟殿下で公爵閣下だが、仕事の時は「団長」と呼びかけるのが基本だそうだ。馴《な》れ馴れしい気がして恐れ多いが、仕事は仕事で切り替えるべきだという。

中から静かな声で返事があったので、ミヒャエラさんが扉を開ける。

フリードリヒ様はライティングデスクで書き物をしていたようだ。扉が開くと顔を上げ、藍色の瞳をジッとこちらに向けてくる。

「新人団員のマルガレーテ・ハインツェルを連れてまいりました」

「マルガレーテ・ハインツェルですっ！　どっ、どうぞよろしくお願いいたします‼」

ぴしっと背筋を正して挨拶をすると、「ああ」と短く返事をしたフリードリヒ様が立ち上がり、ライティングデスクを回り込んでこちらに歩いてくる。

……うわあ！　試験の時も思ったけど、カッコいいッ‼

無表情だが、クールな感じがしてそれがまたいい‼

「座りなさい。君には聞きたいことがある」

ソファ席を勧められたので、わたしはミヒャエラさんと一緒に腰を下ろした。

フリードリヒ様が対面に座って足と腕を組む。その様子が、滅茶苦茶様になっていて、わたしは危うくポーッとなるところだった。

「君は実技試験の時に、呼吸が苦しそうだった患者に聖魔法を使った後で、ポーションを二本渡したな。一本はその場で飲むように言い、もう一本は次の日に飲むように言った。あのポーションは、今所持しているか？」

　聖魔法騎士は常にポーションを携帯しておくことを義務付けられている。

　わたしは制服の腰に取りつけてあるポシェットから、件のポーションを出した。

「はい。これです」

「確認しても？」

「もちろんです」

　わたしがローテーブルの上にポーションを置くと、フリードリヒ様がそれを手に取り光にかざし、そして蓋を開けた。

　小指につけて軽く舐《な》め、それからポーションに軽く魔力を通す。

「体力回復の効果は付与されていない。傷薬でもないな。正直言って、私にはなんの効果もなさそうに思える。これはいったいなにに効くポーションだ」

「患者さんに説明した通り、病菌の卵を死滅させる薬です。あの患者さんは肺炎に侵されていました。肺炎のウイルス……えぇっと、病気にかかっていたので、体に残ったその病気の卵を死滅させるために渡しました。聖魔法を全身にかければこのポーションは不要ですが、できるだけ多くの患者さんを治そうと考えた結果、ポーションに頼れるところは頼りました」

「……なるほど？」

　なるほど、とは言ったが、フリードリヒ様はきつく眉を寄せている。

「言いたいことはわかった気がするが、正直理解が及ばない。君がしたような治療の仕方を私は知らないし今まで見たことがなかったからな。それは、コーフェルト聖国で学んだことか？」

コーフェルト聖国のせいにすれば納得してくれる気はするが、なんとなく、フリードリヒ様は裏を取りそうなので嘘《うそ》はつかない方がいい気がした。

なので、正直に答える。

「いえ、これはわたしが独自に編み出した方法です」

前世の知識を応用して、だけどね。抗生物質やワクチンになりそうなポーションを編み出したんだ～。この世界には魔法があるから、前世よりもその手のものを作るのは簡単なんだよね。研究も臨床も不要だし。

フリードリヒ様は組んでいた腕をほどいて、とんとんとこめかみを叩いた。

「君が編み出した方法、か。つまりこのポーションも、君が編み出したものということだな」

「そうです」

「……そうか」

フリードリヒ様はなにやら考えている様子である。

しばらく黙り込んだが、なにか言われるわけでもなく、やがて「わかった」とひと言答えると、部屋を出ていっていいと許可が下りた。

だが、ふとなにかを思い出したように、わたしたちが部屋を出る前に声をかける。

「ミヒャエラ。来週の慰問だが、私は行かないつもりだったが気が変わった。私も行く。調整しておいてくれ」

ミヒャエラさんは驚いたように目をぱちぱちさせて、それから小さく笑うと、「かしこまりました」と頷いた。

初出勤を終えて家に帰ると、伯父様から連絡が入っていた。

なんでも、猫の手の四本が完売したので、早々に追加を寄越せということらしい。

「お父様、猫の手の在庫は？」

「今十六本あるよ」

「了解！　じゃあ、伯父様のところに納品してくるわ」

「あ！　それなら母様と僕が行ってくるよ！　姉様は夕食の支度があるでしょう？」

なるほど、わたしが出かけると夕食をお母様が作ることになるんだけど、それが嫌なのね我が弟は。

お母様の料理レパートリーは増えたが、料理の腕がすぐに上達するはずもなく、いまだにお母様の手料理は弟には不評なようだった。

お母様もそれがわかっているのか「これでも頑張っているのよ～」と口をとがらせつつ、猫の手の在庫を袋に入れて、エッケハルトと一緒に伯父様の家に向かってくれる。

一本は見本にしたから、四本の販売で銅貨十二枚か。

借金を考えると微々たるものだが、稼げるとわかっただけで充分だ。このまま、ぜひ軌道に乗ってほしいものである。

……伯父様の商売の腕だけが頼りだからね～‼　神様仏様そしてわたしのとっても頼りになる伯父様！　お願いしますよ～？

心の中で伯父様にエールを送りながらわたしがキッチンへ向かおうとした時、お父様から「あ～、マルガレーテ、ちょっとお願いが……」と言いにくそうに呼び止められた。

「どうしたの？」

「うん。実はね、今日、裏の畑の草むしりをね、したんだけど、その時にどうも腰をやったみたいでねぇ……。仕事で疲れているのはわかっているんだけど、聖魔法をかけてくれると嬉しいなあ」

「草むしりで腰をやるなんて、お父様、運動不足なんじゃないの？」

茶化しはしたが、お父様ももう四十だ。

わたしだって、前世は二十歳で死んだけど、バイトで立ちっぱなしで腰とか足とかが痛くなって湿布薬に頼ったことも……。うん？

……湿布薬。湿布薬か～‼

ぴこーんとわたしの頭上に電球のようなものが飛び出した気がする。

この世界に、湿布薬なんて存在しない。

もし作れたら、これは売れるんではあるまいか‼

「お父様！　ナイスだわ！」

「え？」

「いいことを思いついたのよ！　今度作るから効果があるか実験させてね！」

「ええっと、え？」

「ああ、腰だったわね。はいはい、そこのソファに寝そべってくれる〜？」

お父様はわたしの話がわからず頭に「？」をたくさん点灯させているようだが、説明するのが面倒くさいのでそのままにしておいた。

お父様の腰に聖魔法をかけて、今度こそルンルンとキッチンへ向かう。

……よし！　アイディアグッズ二号は、湿布薬よ〜‼

☆

聖魔法騎士団に入団して九日目。

今日は王都内の病院に慰問に行く日である。

ちなみに猫の手販売は順調で、伯父様が容赦なく追加発注をかけてくるため、お父様はひーひー言っている。

アイディアグッズ二号の湿布薬の方はまだ完成していない。

最初は前世のようにぺたっと貼るタイプを作ろうと思ったのだが、乾燥防止するためのビニールとか諸々の問題にぶち当たり、発想転換を余儀なくされた。

そこで考えついたのが、ゲル状のクリームを作って、それを布に塗って幹部に貼りつけ包帯で固定して使うというものだ。現在ゲル状クリームを開発中であるが、こちらはなんとかなりそうである。試作品ができたらお父様で実験する予定だ。

今日の慰問は、聖魔法騎士団から、フリードリヒ様、ミヒャエラさん、わたし、それから四名の聖魔法騎士が向かうことになっていた。

団長は忙しいので滅多に慰問に向かわないそうで、今日フリードリヒ様が一緒に行くと聞いて首を傾げた団員も多いらしい。

慰問先は、わたしが実技試験で訪れた病院ではなく、別の病院だ。

合否に関係なく、留学組は聖魔法の扱いに慣れているため、実技試験の日だけで二十人以上の患者が快癒した。そのため、聖魔法騎士団が慰問へ向かう順番は最後に回されるのだ。

今日向かうのは、実技試験の日に一番快癒患者が少なかった病院だ。

「マルガレーテ、君は私と一緒に来なさい。ミヒャエラは他の聖魔法騎士たちと重病人以外の病室を回れ。私たちは重病人の病室を重点的に回る」

……え⁉

まさかの、教育係から引き離されてフリードリヒ様と行動ですか⁉

わ、わたしの心臓、持つかなあ……。

フリードリヒ様と直接会うのは、入団初日の挨拶以来だ。

憧れの人に対する免疫がまだ構築されていない状況で、ふたりっきり（患者さんはいるけど）ですと⁉

「二時間後に一階の待合室に集合だ。私たちが今日ここに来ることは通達してあるので、今日に合わせて来院している患者も多いだろう。余裕があれば通院者の治癒もするように。以上」

行け、とフリードリヒ様が軽く手を振ると、聖魔法騎士たちが「は！」と敬礼して示し合わせたようにばらけていく。

「マルガレーテ、君はこっちだ」

平坦な声で言って、フリードリヒ様がすたすたと歩きだした。

階段で四階まで上る。四階に重症患者の病室があるようだ。

「例のポーションは、今日も持ってきているのだろう？」

「は、はいっ。持ってきました！　ご指示通り多めに持ってきています」

「結構。この端の病室には、君が入団試験の時に担当したように胸の痛みを訴え咳が続いている患者がいる。院長によると、最初はひとりだったが病室全員に同じような症状が現れたそうだ。血痰《けったん》も出ている」

……あ、もしかして、それってただの肺炎じゃなくて結核じゃない⁉

血の気が引いたわたしは、反射的にはしっとフリードリヒ様の腕を掴《つか》んだ。

フリードリヒ様が足を止めて弾かれたように振り返り、じろりとわたしを睨みつけてくる。

「……なんだ」

その低い声に、わたしはびくりとした。

なぜかものすごく怒らせてしまったようだ。

「あっ、あの……！　そ、その病室に入る前に、いくつか聞いておきたいことがあります」

「……わかった。だが、先に言っておく。私には無闇に触れるな。いいな」

「は、はい！」

どうやらわたしがフリードリヒ様の腕を掴んだから怒らせたようだ。

……そうだったあ！　フリードリヒ様は女性嫌い！　そりゃあ触られたくないよね！

わたしはフリードリヒ様から急いで手を放して、「失礼しました！」と謝罪した後で、深呼吸をしてから訊ねた。

「今から向かう病室ですが、出入りする病院の職員の中にも同じ症状が現れた人はいませんか？」

「清掃員と、それから入院中の患者の身の回りの世話にあたる介助者に同じ症状が現れた人間がいる。それがどうした？」

医者は聖魔法使いだ。聖魔法使いなら具合が悪くても自分で治癒できるので症状がひどくなる前になんとかしたと思われるが、清掃員や介助者は聖魔法の使い手ではない。

……これ、ちょっとまずいかも。

まだ病院全体に感染が広がっているわけではなさそうだが、放置しているとこの病院に入院中の患者、通院してきた患者を通して爆発的に感染者が増える可能性があった。

「……あの。聖魔法騎士団の入団試験を受ける前に資料で読んだんですが、十数年に一度、胸の痛みと血痰を訴える患者が爆発的に増えることがあるそうですね」

「そうだが、それがどうした？　あまり立ち話に時間を使いたくないのだが」

「これは！　重要なことです！　急がないと、その患者が爆発的に増える年が今年になってしまうかもしれませんよ！」

「……なんだと？」

ぐっとフリードリヒ様が眉を寄せた。

だが、これは怒っているのではなく真剣に話を聞こうとしてくれている表情だ。

その証拠に話の続きを促される。

「今から向かおうとしていた病室の患者さんは、結核という人に移る病気にかかっています」

「ケッカク？　初めて聞くが……。まあいい、それで、そのケッカクというのが問題なんだな」

「そうです。結核は人に移ります。おそらく、この病院内にはその結核菌……病気の卵がたくさんあると思います。急いでこのポーションを量産し、入院患者、病院の職員、それから通院者……とにかくこの中に入った人全員に配るべきです。そして、しばらくの間それを続けなくてはいけません。もしかしたらすでに病院の外で罹患して他の病院にかかっている人もいるかもしれないので、できれば王都中のすべての病院にポーションを配って、同じように、病院を訪れる人全員に飲ませることを徹底しなくてはいけません」

「随分大がかりなんだな……」

「そうおっしゃいますけど、何百人、何千人という人が罹患したら、聖魔法の治癒が追いつかなくなりますよ。聖魔法の使い手は限られるんですから」

「……一理ある。しかしその場合、君のそのポーションの製造法が外部に漏れることになるぞ。それは君が研究した、君のポーションだ。人に知られるのはおもしろくあるまい」

確かに、それだけのポーションを作ろうとなるとわたしひとりの手では足りないので、レシピを公開して手伝ってもらう必要があるだろう。

聖魔法の使い手は、独自で編み出したポーションのレシピを秘匿にしたがる傾向にある。

……でも、そんなことを言っている場合じゃないの！

わたしは首を横に振った。

「治療が間に合わず死ぬ人が出るくらいなら、わたしはポーションのレシピくらいいくらでも公開しますよ」

わたしがまっすぐにフリードリヒ様の藍色の目を見つめて告げると、彼は驚いたように瞠目《どうもく》した。

そのまま数秒、瞬きすら忘れたように動きを止めたフリードリヒ様は、ゆっくりと息を吐き出すと「いいだろう」と告げる。

「まずは、君が今日持ってきているポーションを今から向かう病室の患者に渡す。院長からは病がかなり重症化していると聞いているので、彼らの治癒は急いだ方がいいだろう。その後で、聖魔法騎士団で君のポーションを量産し、病院に配ると同時に、市井調査を行いそのケッカクの症状が出ている人間がどのくらいいるのかを調べる。状況に応じて、貴賤《きせん》問わず王都に住まう民全員にポーションを配ろう。それでどうだ？」

王都には約二万人の人間が住んでいる。それだけのポーションを作るのはかなり大変だが、それで感染が抑えられるならそうすべきだ。わたしは大きく頷いた。

「はい、わたしも団長の意見に賛成です！」

「よしわかった。では急ぎ病室へ向かう。その後で私は院長に君から聞いた話とこれからの計画を伝えよう。慰問から戻った後で、第一から第五の団長にも通達し、全聖魔法騎士団員でポーションの製造にあたる。……それから、やはりそのポーションは君が苦労して編み出したものだ。さすがに無償でレシピを奪い取ることは気が引ける。よって、そのレシピを国で買い取らせてもらおう。金額は陛下と相談した後になるのと、こちらが提示した金額を呑んでもらう形になるが、それで構わないだろうか」

……むしろ、お金もらえるんですか⁉

買い取ってもらえるとは思っていなかったのでわたしが目を見開くと、フリードリヒ様がふっとわずかに笑った。

「部下のレシピを無償で取り上げるほど、私は鬼畜ではない」

「ありがとうございます！」

「礼を言うのは私の方だ。君が気付かなければ大変なことになっていただろうからな。……このタイミングで君を聖魔法騎士団へ入団させることができたことを、嬉しく思う」

行くぞ、とフリードリヒ様が制服の裾をひるがえして急ぎ足で階段を上っていく。

わたしは駆け足でその後をついていきながら、顔がにやけるのを止められなかった。

……うぅ、憧れの人、カッコよすぎだよ‼

☆

「じゃじゃじゃじゃじゃーん！」

ドンッとダイニングテーブルに革袋を置いたわたしは、にやにやが抑えられなかった。

「姉様それなに？　なんか重たい音がしたけど……」

「ふっふっふ……」

わたしはきっちり結んであった革袋の紐《ひも》をほどくと、ばらーっと中身をテーブルの上にばらまいた。

……ふぅ、ここまで持って帰るの、重くて結構大変だったんだ～。

でも、重さなんてちっとも苦にならない。なぜなら――

「金貨、二百枚で～す！」

「「「おおおおおお!!」」」

わたしを除く家族全員の声がハモッた。

金貨二百枚。日本円で計算すると二千万円。かなりの大金ですよ！

「マルガレーテ、これ、どうしたんだ？」

「ほら、わたしのポーションのレシピを国が買い取ってくれたって言ったでしょ？　その買取金額なの」

「金貨二百枚ももらえたのか!?」

お父様は驚いているけど、フリードリヒ様はポーションの価値からすればかなり安い金額だと言っていた。

兄である国王陛下にもう少し出すように交渉してくれたそうだが、最悪王都の民二万人に無償提供することになるポーションにそれ以上は出せないと言われたらしい。二万人分作るだけでもかなりの大金が動くからだ。

他にも、このポーションが本当に効くのかどうかのデータがないからだとも言っていた。

わたしはまさか金貨二百枚ももらえるとは思っていなかったので充分なのだが、どうしても納得いかなかったフリードリヒ様が、今回王都の民に無償配布する分以外で製造する場合には、別途レシピ使用料を払うという方向で交渉してくれているという。

……優しいよね、フリードリヒ様。ああ、カッコいい。

交渉がどうなるのかは、今回無償配布した後のデータ次第にはなるが、国が買い取ったレシピに対して、別途使用料まで支払われるとなると異例の待遇だと思う。

フリードリヒ様はそれだけこのポーションに価値を見出してくれているということだろう。ありがたいことだ。

「借金返済にはほど遠いけど、足しにしてね？　あと、エッケハルトのために美味しいお菓子を買ってあげてほしいんだけど」

「姉様大好き‼」

エッケハルトがぱあっと顔を輝かせて、わたしの腰にぎゅうっとしがみつく。ああ、かわいい！　わたしの弟は天使よ！

あと、エッケハルトの家庭教師を呼び戻してほしいのよね。

家が没落したために家庭教師も解雇せざるを得なかったって聞いているけど、このお金があれば家庭教師くらいなら雇えるはずだ。

……エッケハルトは将来ハインツェル伯爵家を継ぐんだもの。勉強が滞ったらそれだけ苦労することになるわ。

ただ、お菓子で喜んでいるエッケハルトに勉強の話をして落ち込ませたくないので、これは後でこっそりお父様に話をしておこう。借金返済が急務だけど、エッケハルトの教育を後回しにはしたくないもんね！

聖魔法騎士団でのポーション製造は三日前からすでに取りかかっていて、できた分から病院を中心に配られている。

同時にフリードリヒ様の指示で市井調査を行い、結核の症状がある人がどの程度いるのか調べている最中だ。

……無事に感染が防げますように！

わたしの祈りが天に届いたのか――まあ、実際のところはフリードリヒ様の素晴らしい采配の結果なんだろうけど――、最終的に王都の民全員にポーションを配ることになったおかげで、結核の感染拡大は未然に防ぐことができた。

わたしのポーションの価値も認められて、十本製造するごとに銅貨一枚がもらえることになったよ！

　微々たるものですまないとフリードリヒ様が言っていたけど、わたしとしては棚から牡丹餅《ぼたもち》が出てきた気分だね。やったね！　これで借金返済に向けて一歩前進だよ！

三、腰痛には湿布薬ですね

「マルガレーテ、これ、すっごくいいよ！　スーッとしてひんやりするのが、特に気持ちがいいねえ！」

仕事から帰って湿布薬の試作品を作り続けること二十日。

ついに完成した試作品をお父様に使ってみてもらったところ、大好評をいただいた。

ここのところずっと猫の手を作っているお父様は腰痛だけではなく肩こりにも悩まされていたため、湿布が大変お気に召したらしい。

……ただこれ、ポーション作りの応用で聖魔法まで使っちゃったから、お父様では作れないってことが難点なのよねえ。

本当は材料を混ぜ合わせるだけにしたかったのだが、それだとあまり効きがよくなかったのだ。効かないものは売れないだろうと、聖魔法を使用してきちんと効果のある湿布薬を作ったのである。

……ポーションじゃないから、普通の商会で売るのもセーフだと思いたい。

ポーションは、販売先が国で決められている。医療機関以外には販売できないのだ。だから伯父様もポーションの販売には手が出せない。

……湿布薬製造のために使った聖魔法はちょっとだけだし、ポーションじゃないから、いいよね？　大丈夫だよね？　だってポーションは「飲むもの」って決まってるもんね。これは飲むものじゃないもんね。限りなく黒に近いけどグレーだよね？　グレーは、セーフだよね？と自分に言い聞かせたものの、わたしは小心者なので、上司に確認が必要だと判断した。

その前に、今日はミヒャエラさんと騎士団の訓練場に待機する日だから、湿布薬を持参して使ってみる予定だ。お父様に好評でも他の人はそうではないかもしれないから。

「あ、お父様、猫の手のことだけど、売れ行きがいいから伯父様が量産体制を整えるそうよ。今度作り方を教えるためにお父様に来てほしいって言ってたわ」

「ぅ……義兄さんが……」

借金を作って伯父様に怒られたお父様は、いまだに伯父様に会うのが怖いらしい。

「お母様にも一緒に行ってもらったら？」

「うん、そうするよ……」

ひとりで行くのは怖いけど、なんだかんだと伯父様は妹であるお母様に弱いので、お母様がついていけばお父様の恐怖も多少やわらぐはずだ。

……よっぽどこっぴどく怒られたのね、お父様。

爵位はお父様の方が上のはずなのだが、妻の兄には頭が上がらないようだ。

しょんぼりしているお父様に手を振って玄関へ向かうと、ぱたぱたとエッケハルトが走ってきた。

「姉様、いってらっしゃい〜」

「行ってきます、エッケハルト。あら、濡れているけどどうかしたの？」

「母様の洗濯を手伝ってきたんだよ」

「あら、偉いのね」

お母様は慣れないながらも家事を頑張っている。前世の記憶持ちのわたしと違い、純粋培養のお嬢様であるお母様は大変だろうけど、嫌な顔ひとつしない。いつもにこにこしている。

……そういえば、手荒れがひどいって言ってたわよね。

湿布薬も完成したし、今度はハンドクリームだろうか。

お父様の肩こりと腰痛対策をしてお母様の手荒れ対策を放置したらお母様が拗《す》ねそうなので、今度はハンドクリームを作ることにした。ハンドクリームなら聖魔法を使わなくても作れるだろう。

「お手伝いをする優しいエッケハルトには、来週、給料が入ったらお菓子を買ってあげるわ」

「ありがとう姉様！」

うんうん、借金地獄のこの状況でもにこにこと笑ってくれるエッケハルトは本当に偉くていい子だわ。

……借金を作った当の本人も常ににこにこしているのは謎だけど、暗いよりはましでしょうし。

うちの家族って結局、どんな状況でも変わらないんだなあと思いながら、わたしは湿布薬を鞄に入れて家を出た。


騎士の訓練場は城の裏手にある。

訓練場はとても広くて、オリンピックで陸上競技が行われそうなグラウンドの、二倍とか三倍ほどの広さがあった。

年に一度、年明けに剣術試合が行われるから、楕円形《だえんけい》の訓練場はぐるりと観客席で覆われている。どこの世界もスポーツ大会は好まれるようで、この世界ではそれが騎士団の剣術試合というわけだ。

わたしとミヒャエラさんは、観客席の一番下の席に座って待機である。

待機中は暇なのでポーションを作る。今日作るポーションは、結核の感染拡大を抑えるために王都中の人に配った、わたしが国に売ったポーションだ。無償配布は終わったけれど、医療機関から注文が入っているんだって。

……そういえば、当初は家でもポーションを作って販売してお金を稼ぐ予定だったけど、ずっと湿布薬作りに夢中になっていてすっかり後回しにしていたわ。これはなにがなんでも湿布薬で儲けないと割に合わないわね。

早くも湿布薬が必要になりそうな人は現れないものかと訓練場を眺めていると、タイミングのいいことに、ちょうど訓練試合で木刀を肩に受けた騎士を発見した。

訓練場に待機している時に聖魔法騎士が出動するのは大怪我の場合だけなので、あの程度なら普通は無視されるのだが、被験者としてあんなに都合のいい人を放置するわたしではない。

「ミヒャエラさん、ちょっと行ってきていいですか？」

「あの程度なら無視していて構わないのよ」

「いえ、聖魔法じゃなくて、これを試したいんです」

わたしが湿布薬のジェルを詰めた瓶と、それを塗って貼るための布を取り出すと、ミヒャエラさんは不思議そうな顔をする。

「それはなに？」

「湿布薬です！」

「シップヤク……」

なんでも魔法頼りのこの世界には、湿布薬も存在しない。

……魔法は確かに便利だけど、聖魔法の使い手が少ないんだから、魔法以外に頼れるものがあれば頼るべきだと思うのよね！

ミヒャエラさんは首をひねっていたが、怪我をした騎士の手当ては訓練場に待機している聖魔法騎士の任務のひとつであるため、「あの程度で大袈裟《おおげさ》ね」と言いながらも止めはしなかった。

わたしが湿布薬を抱えて走っていくと、肩を押さえた騎士が驚いた顔をする。

「おやお嬢ちゃん……ええっと、マルガレーテだったな。この程度なら気にしなくても構わないよ」

肩を打った騎士は二十代半ばくらいの騎士だった。

笑っているところを見ると、ミヒャエラさんの言う通り、いつもはこの程度の怪我は無視して訓練を続けるのだろう。

……だけど、そんなもったいないことはしませんとも！

「あの、これを使ってみてほしいんです」

「……これは？」

「湿布薬です」

「シップヤク……」

ミヒャエラさんと同じような反応をされる。うん。耳なじみのない単語だよね。

「新しく作ったものなんですけど、よかったら使って感想を聞かせてほしくて」

「ふぅん？　ま、肩の腫れが引くまであっちで冷やそうと思ってたから、そのくらいなら別に構わないよ」

右肩を強打したため腕が痺れて木刀が握れないので、しばらく休憩を取る予定だったらしい。

わたしは騎士とともに訓練場の端に移動すると、肩を出してもらった。

……うわあ、真っ赤に腫れてる。痛そう……。

わたしは湿布薬を布に取ると、そっと腫れているところにのせた。

「うぉ!?」

冷たかったのだろう。騎士が一瞬、ぴくりと肩を震わせる。

「ごめんなさい。痛かったですか?」

「痛くはないが……、シップヤクだったっけ? なんなんだ、これ。冷たいし……なんだか気持ちがいいな」

湿布薬は結局聖魔法を使って作ったので、鎮静作用と痛み止めの効果も付与してある。はっきり言って、魔法のおかげで前世の湿布薬の何倍もの効果が期待できる優れものだ。

「痛み止め効果はすぐに感じられると思いますが、そのまま一時間はつけておいてください。一時間後には腫れが治まっていると思います」

「へえ、すごいな。こんなものがあるのか。だが一時間も訓練に参加できないのはつらいな」

……いやいや、この状態でまだ訓練を続けるつもりだったんですか。脳筋? 脳筋なの?

ありえないから!

「無理をしたら悪化して長引きますよ。本当は今日一日安静がいいんですが、それが無理なら湿布が取れるまで一時間はおとなしくしていてくださいね。いいですね？」

「お嬢ちゃんはかわいい顔をして厳しいな」

「普通です！」

この状態ですぐに訓練を再開しようとする方が非常識なのだ。理解してくれ、脳筋！

騎士団の訓練に聖魔法騎士が待機していないといけない理由がわかった気がする。この調子で訓練をしていたら、大怪我をするのは目に見えていた。

「訓練が再開できないのはつらいが、確かにこれは気持ちがいいな。痛みも引いてきたし、腫れも落ち着いたんじゃないか？　もう一時間……」

「まだ十分しか経ってません。あと五十分」

「やっぱりお嬢ちゃんは厳しいよな？」

「普通です！」

見張っておかないと脳内で勝手に一時間経ったことにして飛び出しかねないので、わたしは時計を見せて「この針がここに来るまではダメ！」と念を押した。

年上の騎士に子どものように言い聞かせていると、転んだ拍子に足をひねったという騎士が休憩のためにやってくる。

……はい！　被験者ふたり目！　おっとまたひとり！　はい被験者三人ゲット！

今日はいいデータが取れそうだ。

わたしは嬉々《きき》として騎士たちに湿布薬を貼っていく。

最終的に十四人のデータが取れ、騎士たちが湿布薬に多大なる興味を示したところで、本日の待機任務は終了した。

☆

「マルガレーテっていうお嬢ちゃんはいるか〜？」

第一聖魔法騎士団の棟の玄関で、そんな野太い大声が響いたのは、翌日の昼下がりのことだった。

ちょうど玄関近くにいた聖魔法騎士がそれを見てギョッとし、すぐさまその騎士を応接間に通してしまったために、わたしは応接間に呼びつけられて、怖い顔をしたフリードリヒ様とにこにこ顔の五十過ぎくらいのおじさん騎士に囲まれた。

……うぅ、この状況はいったい何事？

じとっとした顔でこちらを睨んでいるフリードリヒ様が怖いです。わたし、なにか悪いことをしましたか？

フリードリヒ様によると、このおじさん騎士は第一騎士団団長――すなわち、騎士団の総帥であるマクシム様らしい。

……なんでそんな偉い人がわたしを？　いや待って！　わたし今、騎士団と聖魔法騎士団の両総帥と一緒ですよ⁉　恐れ多くて目が回りそうです‼

わたしが呼びつけられる前に、フリードリヒ様とマクシム様の間で情報の共有がされていたようで、フリードリヒ様が眉間にしわを刻んでこめかみを指先で叩いた。

「マルガレーテ、君は昨日、妙なものを騎士に塗布して回ったらしいな。ええっと……」

「シップヤクだ、フリードリヒ！　あれはすごいらしいぞ！　どこで売っているのかって騎士たちが大騒ぎをしていてな！　お嬢ちゃんに情報をもらおうと思って来たんだが、お前も知らなかったのは驚きだ」

はい、わたしが睨まれている原因がわかりましたよ！

湿布薬と、それをべらべらと吹聴して回った騎士たちのせいですね！　まあ、わたしが口止めしなかったのが悪いんだけど。

「マルガレーテ、そのシップヤクとはなんだ。説明しなさい」

「はい……」

やっちゃったな～やっぱり事前に報告しておくべきだったかな～と冷や汗をかきながら、わたしは湿布薬について説明する。

「……というわけで、近く売り出そうと考えているんです。ポーションじゃないから、セーフですよね？」

販売が禁止されたらわたしの苦労が水の泡になる。

両手を組んで祈るような気持ちでフリードリヒ様を見ていると、彼は「うーん」と難しそうな顔で唸《うな》った。

「難しいラインだな……」

「おいフリードリヒ、けちけちすんな！　販売くらい別にいいじゃないか！　まさか禁止にしたりしないだろう？　すでにうちの騎士たちは騎士団で仕入れる気満々だぞ！」

……おおっ！　早くも顧客が‼

騎士団が買ってくれるとなると、かなりの利益が見込めるはずだ。借金返済へ大きく前進ができる。この機会は絶対に逃したくない。

「実物を見てみないことにはなんとも判断できない。マルガレーテ、今日はそのシップヤクとやらを持ってきているのか？」

「あります！」

「では、後から団長室に持ってきなさい。話はそれからだ。マクシム、結果が出るまで騎士たちを大人しくさせておけ」

「いや無理だって。なにがなんでも手に入れてこいって送り出されたんだぜ？」

「お前は総帥だろう！」

「そう言うお前も総帥なんだから総帥権限でちゃちゃっと販売許可出せよ！」

「検証が先だ！」

「ちっ、相変わらず頭の固い男だぜ。……なあお嬢ちゃん〜。これ、お嬢ちゃんが作ったものなんだろ？　余分はないのか？」

舌打ちしたマクシム様が、わたしに視線を向けて猫なで声を出す。

フリードリヒ様がムッと眉を寄せた。

「おい！」

「俺が個人的に買うくらいはいいだろう？」

「ポーションと同等扱いになるなら無理だ」

「まだ判断前だろうが。せめて一個か二個くらい持って帰っておかないと俺の面子が潰れるんだよ！」

「潰れるような面子があったのか……」

「なんか言ったか⁉」

……ええっと、これはどちらの味方につけばいいのだろうか。

買ってくれるというマクシム様の味方につきたいところだが、かといってフリードリヒ様を怒らせたくもない。

「あの、団長……」

弱り果ててフリードリヒ様を見つめると、彼はがしがしと頭をかいて、「仕方ない」と息を吐き出した。

「マルガレーテ、そのシップヤクとやらは今どのくらい手元にある？」

「三つ持ってきています！」

「ではふたつほど渡してやれ。……こうなれば受け取るまで帰るまい」

「さっすがフリードリヒ、よくわかってるな！」

湿布薬が手に入ると知ったマクシム様はご機嫌で笑っている。

わたしが急いで湿布薬を持ってくると、マクシム様はポケットをごそごそして金貨を二枚取り出した。

「とりあえず手持ちがこれしかねーや。これで足りるか？」

……え!?　いやいや多すぎだから‼

湿布薬二個で金貨二枚。つまり一個で金貨一枚。いくらなんでもぼったくりもいいところである。

「いえ――」

「マルガレーテ、受け取っておけ。先行販売の特別価格という扱いでいいだろう。販売許可が下りるかどうかまだわからないんだ、もらえるうちにもらっておいて損はない。こいつは五十を過ぎてもまだ独身で、部下に酒をおごるくらいしか金の使い道がないからたまる一方だ」

「お前も独身だからな!?」

「私はまだ二十代だ」

「ギリだろ！」

「それに結婚なら一度した」

「なにそれ優越感に浸ってるつもりか⁉　一緒だからな！　現在進行形で独身なんだから一緒だからな⁉」

「優越感に浸れるような思い出はないがな。……まあいい、それを持ってとっとと帰れ。お前は声が大きいから頭に響く」

「あーそうかい。ったく、昔っから生意気な男だぜ」

マクシム様は口を曲げて、大きな手で湿布薬の瓶をふたつまとめて持つと「邪魔したな」と言いながら応接間を出ようとして、思い出したように振り返った。

「おいフリードリヒ、販売許可を下ろしたらすぐに俺んとこに連絡入れろよ！　いいな？」

これは、本当にお得意様になってくれそうである。

……販売許可、下りますように～！


マクシム様が帰った後で、わたしは改めて湿布薬の瓶を持って団長室を訪れた。

「なるほど、これがそうか。そっちの布に塗って使うんだな」

「はい。患部に貼りつけて使用します。怪我や病気と違って、慢性的な肩こりや腰痛は、聖魔法を使っても改善は一時的なもので時間とともに同じような症状が現れますので、それらの症状の緩和のために作りました。騎士の方々に使用したように、打撲や捻挫にも使用できます」

「ふむ……」

フリードリヒ様は湿布薬を少量手に取り、手の甲に塗って試している。

「ひんやりするな。布を使うのはなぜだ？」

「塗るだけだと水分が揮発するためです。乾くと効果が半減します」

「使用時間は一時間ほどだったな」

「はい。様子を見てもう少し長めに貼っておいても大丈夫です」

「そうか。……それで、この作成にどの程度の聖魔法を使用した？」

……来た！

ポーションを作る要領で、薬草類から成分を抽出して調合したけれど、ポーションを作る時のようにがっつり成分を抽出したわけではない。

というのも、ポーションレベルで成分を抽出してしまうと、摂取量によっては逆に人体に悪影響になってしまうのだ。ゆえに、ポーションの販売が許されているのは医療機関のみなのである。これは前世で言うところの薬と同じ扱いだ。

……湿布薬で問題になる点は、使用を間違えた時に人体に影響が出るか出ないか。

フリードリヒ様が知りたいのはそれだ。そしてそれが、一般の店で販売できるかできないかの判断材料となる。

わたしは胸の前で手を組んで、慎重に口を開いた。

「確かに聖魔法を用いて作りましたが、ポーションのように、湿布薬の乱用によって人体に影響が出るような作り方はしていません。含まれている成分も毒になるようなものは含まれていません。口にしてもいい材料のみで作っています。実際に、口にしてもらえばわかります。……美味しくはないでしょうが」

「口外しないと約束するから含まれているものを教えてくれ。私が判断する」

「はい。まずミント、それから……」

わたしは湿布薬の調合に使った薬草などの名前をひとつひとつ挙げていく。生成法は聞かれなかったが、伝えておいた方が信用度が増すと思って、作り方も含めてすべてを口にした。

フリードリヒ様はわかったと頷いて、そして小さく口端を持ち上げて笑った。

「理解できた。細かく説明させて悪かったな。いいだろう。販売を許可する」

「本当ですか⁉」

「ああ。……それから、許可をする代わりという言い方はおかしいかもしれないが、今から少し私に付き合ってくれ」

「それは、構いませんけど……」

女性嫌いのフリードリヒ様が、わたしを連れてどこへ行くというのだろう。

疑問に思ったが、行き先を告げないということは説明したくないのだろうと思って、わたしは黙ってフリードリヒ様の後を追った。フリードリヒ様は、なぜか湿布薬の瓶と布を持っている。

……どうして湿布薬を持っていくの？

騎士団にでも向かうのだろうか。

そう思ったが、第一聖魔法騎士団の棟を出て向かった先は、騎士団の棟でもなければ訓練場でもなく、なぜか城の裏口だった。

……城？

デビュタントの時や、留学の選考試験、この前の聖魔法騎士団の入団試験の筆記試験の時に来たことはあるが、それ以外では足を踏み入れたことのない場所だ。

……医務室にでも行くのかしら？

城の中にも医務室があり、そこには聖魔法騎士が数名常駐している。

城の侍医のような立場で常駐する聖魔法騎士はベテランばっかりなので、新人のわたしにはまだまだ回ってくるはずのない仕事のはずだ。

でも、聖魔法騎士であるわたしを連れていく場所なんて医務室くらいしか思いつかないし……と思っていると、フリードリヒ様はなぜか階段をすたすたと上りはじめた。医務室は一階にあるので、行き先は医務室ではなかったようだ。

「……あのぅ、この辺って、偉い方がお仕事をしている場所じゃないでしょうか？」

宰相とか大臣とかの仕事部屋がある辺りのはずだ。書類を抱えた文官がせわしなく廊下を行き来しているのも見える。こんなところにわたしのような新人聖魔法騎士が来ていいのだろうかと思っていたら、フリードリヒ様はそのまま大階段がある辺りまで歩いていき、さらにすたすたとそれを上りはじめた。

……ひっ！

さすがに、わたしは階段の下で足を止めた。

この上は、王族の部屋がある場所だ。

階段を上った先にあるのが王の謁見室で、その左右の廊下をずっと歩いていくと王族の私室があるはずなのである。行ったことはなくても、わたしも貴族の端くれなので、万が一城で迷っても決して行ってはいけない場所として頭に叩き込んでいた。

「どうした？」

……どうした、じゃありませんからね！

階段の途中でわたしがついてきていないのに気が付いたフリードリヒ様が振り返る。

「あ、あの、どちらに……」

「この上だ」

いやいやいや！

しれっと『この上だ』じゃないですからね‼

反射的に行きたくないと首を横に振ると、フリードリヒ様が不機嫌な顔になった。

「ついてこないならそれでもいいが、これの販売許可は下せない」

「そんな！」

話が違う！

フリードリヒ様が、見たことがないような意地悪な笑みを浮かべて、早く来いと顎をしゃくった。

……くそう！　仕方がない！　女は度胸！

緊張で足が震えそうになるが、頑張って作った湿布薬の販売許可は欲しい！

わたしは大きく深呼吸をすると、フリードリヒ様の後を追って階段を上る。

想像通りというかなんというか、フリードリヒ様が歩みを止めたのは、国王陛下の謁見室の前だった。

……なんでわたし、国王陛下のところに連れてこられたの……？

湿布薬を販売していいというのは実は嘘で、まさか気付かないうちになにか大変な罪を犯しちゃってて、処罰するために連行されたとかじゃあ、ないよね？　怖いんだけど！

「ほー、シップヤク、というのか」

わたしはその場に跪《ひざまず》いたまま、カチンコチンに固まって、呑気な顔で会話をしている国王陛下とフリードリヒ様を見つめていた。

立っていいと言われたけど、とてもじゃないけどそんな勇気はない。

というか、膝が震えて立とうと思っても立てないかもしれない。

だというのに、フリードリヒ様はなぜか国王陛下に湿布薬の使い方をレクチャーしていた。

なぜに⁉　というかわたし、必要⁉

「これがあれば、兄上の慢性的な腰痛も改善するのではないですか？」

……へー、国王陛下、腰痛持ちだったんだ〜。

「私も、頻繁に呼びつけられては困りますし、聖魔法では一時的な痛みの緩和しかできませんからね」

……うん？　ってことは、自分が呼びつけられたくないがために国王陛下に湿布薬を勧めていらっしゃる、と？

「これは近く売り出す予定の商品らしいですが、国王陛下のお墨付きとあらば飛ぶように売れるのではありませんか？　例のポーションの件もありますし、そのくらい力を貸してやってもいいと思いますが」

……いやいやいや、逆に怖いよ、国王陛下のお墨付きの湿布薬とかさ！

フリードリヒ様ってば、自分が頻繁に呼びつけられたくないから、国王陛下に湿布を勧めて愛用させる気満々な気がする。

恩着せがましいことを言っているのも、国王陛下に断られないようにするためだ、絶対！

……だからさ、この場に、わたし、いる⁉

国王陛下に湿布薬を勧めるだけなら、フリードリヒ様だけでもよかったよね⁉

お願いだから早く帰らせてくれと思っていると、湿布薬をしげしげと見つめていた国王陛下が、とんでもないことを言い出した。

「実際に使ってみないことにはわからん。よし、部屋を移動するぞ！」

結局わたしは、そのまま国王陛下の私室にまで連れていかれ。

ぽつーんとソファに座らされたまま、天蓋のカーテンを下ろしたベッドの中でフリードリヒ様に湿布薬を貼られた国王陛下が、まるまる一時間ただごろごろしているのをひたすら待たされるという苦行を強いられることになった。

そしてその後、無事に（？）湿布薬の宣伝文句に「国王陛下ご愛用」の七文字を入れる許可をもらえたわたしは、ぐったりしながら第一聖魔法騎士団の棟に戻り、販売許可を聞きつけて戻ってきたマクシム様から販売前だというのに大量の注文をもらって、ついでに国王陛下からの注文までもらって――、就業時間には、すっかり目を回してしまったのだった。

四、長期休暇と工場視察

「よー。お前はいつもひとりだな。いい加減、次の嫁さんでも探しとけ?」

城からほど近いところにある騎士団御用達のバーのカウンターに座り、度数の高い酒をちびちびと舐めるように飲んでいたフリードリヒは、背後から聞こえてきた陽気な声にぐっと顔をしかめた。

振り返らなくてもわかる。この声は、第一騎士団団長で騎士団総帥のマクシムだ。

マクシムはフリードリヒの隣に座ると、「俺もこいつと同じものね」となじみのマスターに告げた。

(どうでもいいが、お前もいつもひとりだろうが)

とはいえ、マクシムの場合はフリードリヒと違って、もともとひとりを好む性格だからだ。

少々がさつだが面倒見のいいマクシムは昔から男女問わず人気があって、若い頃も今も、それなりに縁談話が舞い込んでいる。

それを『俺はひとりの方が気楽でいいんだよな〜』などと言って全部断っているのは、他でもないマクシムの方だ。

子爵家の次男である彼は、家督を継ぐ長男とは違って結婚は必須ではないため、そういう自由が許される。

王弟であり、臣下に下って公爵位を賜ったフリードリヒとは、自由度が違うのだ。

（これが一代限りの公爵位ならよかったんだが、兄上め……）

ちょうど領地が空いていたと言って、国王陛下はフリードリヒに、王族の品位を保つためだけではなく、王家預かりになっていた領地付きの公爵位を渡してきたのだ。さすがにフリードリヒ一代でまた王家にその土地を戻すわけにもいかないので、フリードリヒは結婚して跡継ぎをもうける必要がある。

実に頭の痛い問題だ。

兄のところに息子がふたりいたら、王位を継がない方に位を譲るという選択もあったが、残念ながら今のところ兄に息子はひとりしかいない。

「相手がいないなら、お前んとこの嬢ちゃんをもらったらどうだ？　婚約が解消されてフリードだろ？　ついでになかなかおもしろいし、うちの騎士を大人しくしろと叱りつけるくらい肝も据わってる。いい嫁さんになるぞ～？」

「嬢ちゃん？　まさかマルガレーテのことを言っているのか？」

「他にいるか？」

「馬鹿を言え。いくつ年が離れていると思っている」

「だけど、女嫌いのお前にしては珍しく自分から関わり合いになってるだろ？」

「それは……」

それは、マルガレーテがいろいろ問題を起こすからである。

まあ、問題といっても、悪い問題ではないのだが、王家がレシピを買い取ったポーションにしろシップヤクにしろ、彼女は普通の聖魔法使いとは違う特別ななにかを持っているように思えた。

(先日もハンドクリームというものを作っていたし、今度はバスボムとかいうものを作っていたな)

そのふたつは聖魔法を応用したものではないのでフリードリヒがチェックする必要はないのだが、シップヤクが気に入った兄が新しいものを見つけたら持ってこいと言ったため、新商品ができれば団長室に持ってくるように頼んでいる。

ちなみにハンドクリームとバスボムは現在王妃が愛用中だ。

バスボムと、シップヤクの前に作っていたらしい猫の手と言われるものは国王陛下も愛用している。

マルガレーテが聖魔法騎士団に入団して早二カ月。言い換えればたった二カ月。

この二カ月で、確かに、フリードリヒは自分にしては異例とも言えるほどマルガレーテと接点を持っていた。

長く同じ団にいるミヒャエラですら、一週間に一度の定例会議か、なにかあった時の報告でしか顔を合わせないというのに、考えてみたらマルガレーテとは二日と間を空けずに会っている。

（まああれは、兄上が私を通して彼女の商品を購入するからなのだが……）

元凶は兄だ。だからこれはフリードリヒの意思ではなく、兄のせいなのだ。

そう自分に言い聞かせようとしたフリードリヒだったが、確かにマルガレーテが不思議の塊であるのは間違いないなと思いなおした。

マルガレーテに最初に興味を覚えたのは、入団試験の実技試験でのことだった。

監督者として同行していたフリードリヒは、受験生五人の全員の試験を見学していた。

その中で、マルガレーテは、なんというか、変わっていた。

多くの受験者は、実技試験では合格するためにとにかく目立とうとする。

腕に自信のある者は難易度の高い治療を行い、腕に自信のない者は逆に質より量だと、それほど難易度の高くない治療をたくさん行おうとする傾向にあった。

そして、監督者としてつけられている聖魔法騎士に対して、己が行った聖魔法を事細かく説明し、いかにそれが優れているのかをアピールする。監督者のつける評価が合否を左右するからだ。

けれども、マルガレーテはそのどれとも違っていた。

まず、自己アピールが極端に少ない。というかミヒャエラが質問しなければ答えない。

そして、淡々と治療にあたるのだが、彼女は派手に聖魔法を使うようなことをせず、魔力を温存しながら最低限の聖魔法のみを使用し、ポーションが使えるところはポーションを使った。しかし治療の質が悪いというわけでもなく、彼女が治療した患者は全員が快癒し、なおかつ難易度の高い患者ばかりで、数も多かった。

はっきり言って、受験者五人の中で彼女は頭ひとつ以上飛び抜けた成績を叩き出したのだ。いくらコーフェルト聖国に留学していたとはいえ、ここまで的確に聖魔法を使うことができるだろうか。

現に他の四人もコーフェルト聖国への留学生だったが、フリードリヒの目には無駄が多いように見えたし、大したことのない聖魔法を監督者に自慢しすぎていたようにも思う。

まあ、それだけ己の力に自信があったのだろうし、矜持《きょうじ》だと言いかえることもできるだろう。矜持を持つのは悪いことではないが、どうしても、淡々とただ患者を治癒することだけに集中して聖魔法を使っていたマルガレーテとは大きな差があるように感じた。

試験当日に使っていたポーションの質にも驚いたが、彼女はいろいろ異質だった。優秀すぎるのだ。

(嫁、か……)

マクシムの言う通り、いつまでも女が信用できないだなんだと言って結婚から逃げ続けるわけにはいかない。

一度目の結婚はフリードリヒの胸に女に対する不信感を植えつけたが、フリードリヒにとって結婚することは義務だ。女性に対しての不信感は未だにあるが、別に傷ついているわけではないし、過去を引きずっているわけでもない。もう二十九歳になったのだから、そろそろ割り切って再婚を考えなければならないだろう。

（まあ、マルガレーテはなんというか……、嫌悪感を抱かないのは確かなんだが）

女が信用できないからだろうか。フリードリヒは〝女〟を前面に出してくる女性には嫌悪感が先に来てどうしても距離を取ってしまう。

その点マルガレーテはフリードリヒに媚《こび》を売ることもなければ、〝女〟であることを前面に出してくるわけでもなく、そばにいても気にならない。

（いや、だが、私とマルガレーテは十一も年が離れているんだぞ）

フリードリヒがよくてもマルガレーテは嫌だろう。

そして、上司で王弟で公爵であるフリードリヒから結婚を申し込めば、伯爵家では断れまい。それは脅迫と同じだ。

「さっさとしないと、まーた王妃様が見合いの席を設けるぞ～？」

「やめろ、ぞっとする」

兄嫁である王妃はなにかとおせっかい焼きで、なかなか再婚しないフリードリヒにやきもきしてはお茶会という名の見合いの席にフリードリヒを連行しようとする。

仕事が忙しいと断り続けているが、前回の茶会から半年以上が過ぎた。そろそろ、あの手この手で茶会に連れ出そうとするはずだ。頭が痛い。

「嬢ちゃん、いいと思うんだけどな～。……ああ、そういやあ、嬢ちゃんところは投資に失敗して借金抱えたんだったな。それで婚約も解消されて抵当に入れていた領地が奪われたとか」

「その通りだが、どうして上司でもないお前がマルガレーテの家の事情を知っている？」

「噂になってるからな。噂の出所はなんと、嬢ちゃんの元婚約者だ。あっちこっちでべらべらしゃべってるぞ～。ついでに嬢ちゃん本人のことも、かわいげがないとか生意気だとかいろいろ言ってるみたいだな。うちの連中が聞いて腹を立ててたぜ。シップヤクの女神を捕まえてなにを言うんだってな」

「なんだそのシップヤクの女神って」

「知らね。なんか誰かが言い出して広まった」

マルガレーテが聞いたら悲鳴をあげそうなふたつ名だ。彼女のためにも黙っておいてやった方がいいだろう。

（マルガレーテの元婚約者はヨアヒム・アンデルスだったな）

別れたとはいえ元婚約者の悪口を吹聴して回るなんて、よほど性格に難がある男なのだろう。

なんだか胃のあたりがムカムカしてきて、フリードリヒは目の前の酒を一気に呷《あお》った。

「マスター、おかわり」

空になったグラスを押しやって、フリードリヒは表現しようのない苛立ちをどうにかして発散させようとしていると、マクシムが酒を飲みながら声を落とした。

「投資っていえば、最近、妙な投資話が広まっているのを知っているか？」

「なんだ、それは」

「詳しいことはまだ調査中なんだが、何人かの貴族がそれで大借金抱えてるって話でな。邸を奪われたやつもいれば、爵位そのものを奪われたってやつもいてなあ。被害に遭ってるのが男爵とか子爵連中ばかりだから、それほど問題視されていないのかもしれないが、妙だと思ってな」

男爵家や子爵家の没落はそれほど珍しい話でもない。

そして、没落した男爵家や子爵家に大金を差し出して爵位を買い取る富豪がいるのも事実だ。ゆえに、男爵家や子爵家が没落しようとも、爵位を奪われようとも、国はそれほど問題視しない。

（だが、マクシムが気になったってことは、なにかあるのか……）

この男は、こと犯罪に関しては猟犬並の嗅覚を持っている。マクシムが気になると言ったら、たいていなにかあるのだ。

「投資、か……」

「ああ。もしかしたら、嬢ちゃんの家も関係あるかもな。場合によっては事情を聞くことになるかもしれん」

「その時は教えてくれ。私も同席しよう。……部下のことだからな」

「へー？」

マクシムがにやりと笑う。

その笑い方にムカッとしたフリードリヒは、彼の手からグラスを奪い取ると、中身を全部飲み干してやった。

☆

うふふふふふふ！

笑いが止まりません‼

留学から帰って三カ月。

そして、聖魔法騎士団に入団して二カ月。

我が家の稼ぎの合計が、金貨七百枚に到達いたしました‼

……恐れ多くて怖いと思ったけど、「国王陛下御用達」の七文字効果、すごすぎる‼

我がハインツェル伯爵家が開発し、伯父様に売ってもらっている商品は現在四種類。

猫の手、湿布薬、ハンドクリーム、バスボムである。

これらすべてに「国王陛下御用達」の七文字が付けられ、現在在庫が追いつかない勢いで飛ぶように売れているそうだ。

伯父様もウハウハで、本気で伯父様のところの次男とわたしを婚約させようとしているくらいだった。もちろん、丁重にお断りしたけどね！

これだけ売れていると、さすがにお父様ひとりで作るのは追いつかないため、伯父様が我が家の製品専用の小さな工場を作ってくれることになった。

工場の運営も全部伯父様が面倒を見てくれて、我が家には商品が売れるごとに権利収入が入ってくるという寸法だ。

ちなみに稼いだお金は、銀行の貸金庫に入れるようにしていた。

……だって、この家、セキュリティーガバガバだからね～。

この勢いで二次関数的に放物線を描いてくれたら、借金返済まであっという間よ!!

「マルガレーテ～、パパ、最近作るものがなくて退屈だよ～」

聖魔法を使って作る湿布薬以外の三製品が工場製造に切り替わったので、お父様が作るものがなくなった。

夏になって裏庭の畑の実りも順調だが、畑仕事はすっかりエッケハルトの仕事になってしまったため、お父様は手出しさせてもらえないらしい。

……うーん。そうねえ？

お父様もずっと頑張っていたし、次に作るものを思いつくまでゆっくりすればいいと思うのだが、領地経営をしていた時と違って今はすることがないからなにかを作っていたいという。

元手があんまりかからずに、簡単に作れて売れそうなもの、他になにがあるかしら？

前世の世界にあって今の世界にないものはたくさんあるけれど、あると便利だと思うものの中で簡単に作れそうなものを思いつかない。

……マッチもな〜。作ろうと思えば作れるんだろうけど、お父様のうっかりで火薬に引火して家が火事になったら嫌だし。

この世界では火打石を使うか、もしくは魔法で火をつけるかどちらかなので、マッチというものは存在しない。

聖魔法と違い魔法は簡単なものなら平民でも半数が使えるから、マッチを作っても需要はあまりない気もするし。

「ぱっと思いつかないから、保留で」

個人的には折りたたみ傘とかあれば嬉しいなと思うけど、折りたたみ傘の構造はよくわからないし、わかってても作るのがとても大変そうなので割に合わない。

お父様がしょんぼりしているので、わたしはちょっと考えた。

「明日から、わたし長期休暇なの。一週間のお休みがもらえてね。伯父様が作ってくれた工場見学に行こうと思っていたんだけど、お父様、一緒に行く？」

前世で言うところの夏休みのようなものだ。聖魔法騎士が全員一気に休むと大変なので、各団ごとに日が決められていて、第一聖魔法騎士団は明日から一週間の予定だった。

「もちろん行くよ！」

「え、父様だけずるい！　僕も行く！」

「ママも行くわ～！」

わたしとお父様の会話を聞いていたエッケハルトとお母様まで会話に入ってきた。どうやら全員で工場見学に向かうことになりそうだ。

「あ、姉様、工場に行くなら姉様が作ったあの冷たいお菓子、お土産《みやげ》に持っていってあげたら？」

「あら、いいわね！」

わたしが作った冷たいお菓子というのは、ジュースを凍らせたアイスキャンディーのことだ。細い竹で作った容器にジュースを入れて細い棒状にした竹を挿し、魔法で凍らせたものなのだが、これが家族には大好評だった。

この世界に氷はあるがアイスキャンディーやアイスクリームはないので、珍しかったようである。

氷結の魔法が使えないと作れないが、お父様は聖魔法は使えないが魔法は得意なので、このくらいのことは造作もない。わたしもお父様ほどではないが魔法も使えるので、作ろうと思えば作れる。

……うん？

ふと、わたしはここで閃《ひらめ》いた。

……もしかして、アイスキャンディー、売れるんじゃない？

アイスクリームのように舌触りを滑らかにするために時間をかける必要もないので作るのは簡単だし、家族に好評ということは老若男女問わず人気が出るのは間違いない。

前世では美味しいアイスクリームがたくさんあったので、アイスキャンディーはあんまり食べなかったのだが、この世界にはアイスクリームがないのだから需要はそれなりにあるはずだ。

しかも、今は夏！　毎日猛暑日である！

……これは売れる‼

問題は、アイスキャンディーは溶けるので、保存する冷凍庫が必要ということだ。

……冷凍庫、作れるかな？

冷凍庫は大量には必要ない。伯父様の店でアイスキャンディーを保存さえできればそれでいいのだ。

「ねえお父様、ちょっと聞きたいんだけど、氷室の魔道具の応用でたとえば氷が溶けないくらいの低い温度を保てる魔道具って作れる？　中の温度を氷の融点以下にする必要があるから、氷室の魔道具よりももっと冷たい温度にする必要があるんだけど……」

この世界にも冷蔵庫の簡易版ならある。氷室の魔道具と呼ばれる箱状のもので、傷みやすい食材を保存するのに使うのだ。

ただし、電気が通っていないため、氷室の魔道具の動力源は魔石と呼ばれる魔力を込めることができる石だ。その魔石には定期的に魔力を込めておかないと魔力切れを起こしてしまい、氷室の魔道具も動作を停止するのが難点なのだが、魔法が使えない人のために、魔石に魔力を充填する、充電屋さんのような職業の人がいる。世界が変わればおもしろい仕事があるものだ。

「作って作れないこともないけど、そんなもの、どうするんだい？」

「それがあればアイスキャンディーが保存できるでしょ？　伯父様のお店で売れないかなって思って。お父様も暇そうだし、アイスキャンディーを入れる竹の容器を作ってくれたら助かるんだけどな～」

「なるほど、それはいいね！」

暇を持て余していたお父様はすぐさま飛びついた。

のほほんとしている割になかなか優秀な魔法使いであるお父様なら、きっとやってくれるはずだ。

「せっかくだし、明日までに試作品を作ってみよう。温度を変えるだけなら、少し大変だがやってやれないことはないはずだ」

すでにお父様の中には冷凍庫の構想ができあがっているようだ。頼もしい！

……ふっ！　アイスキャンディーが売り出せれば、元手はジュースと砂糖と竹だけよ！　利益率は高いはず！

いける、これはいけるわ、と思った後で、わたしはハッと思い出した。

……新商品を売り出す時は、私のところに持ってこいってフリードリヒ様が言っていたのよね。

だが、今回はアイスキャンディーだ。

フリードリヒ様とアイスキャンディー。

うん、絵面が全然浮かんでこないわ。似合わない～。

☆

次の日、アイスキャンディーを詰めたお父様の試作品の冷凍庫を持って、わたしたちは伯父様が作ってくれた工場へ向かった。

工場までは伯父様が馬車を手配してくれたのでとっても快適だ。こんな暑い中歩きたくなかったので、本当に感謝である。

伯父様とは工場で待ち合わせているので馬車の中は四人だけだが、馬車の中とはいえ夏は暑い。

エッケハルトがお土産用のアイスキャンディーを食べたがったから一本あげると、お父様とお母様も欲しがったので、結局全員でアイスキャンディーを食べながら馬車に揺られた。

工場は伯父様の店の近くに作られていて、作った製品をすぐに店頭に運べるようになっている。

工場の前で馬車を降りると、すぐさま伯父様が工場から出て出迎えてくれた。

「伯父様、暑そうですね。食べます？」

額に汗が浮かんでいる伯父様を見てアイスキャンディーを渡すと、不思議そうな顔をされる。

「マルガレーテ、これは？」

「新製品のアイスキャンディーです。売れるかどうか聞こうと思って。冷たくて美味しいですよ」

竹筒からのはずし方を教えてあげると、伯父様はしげしげとアイスキャンディーを見つめた後で口に入れる。途端に、目を輝かせた。

「うまいな。そして冷たいから、今日みたいな暑い日にはぴったりだ」

「そうでしょう？　ただ、早く食べないと溶けるので気を付けてくださいね」

炎天下の中で食べているとアイスキャンディーが溶けるのも早い。

伯父様は急いでアイスキャンディーを食べ終えて、工場見学の後でこの販売について話を煮詰めようと言い出した。売る気満々だ。やったね！

「そうだ、マルガレーテ、シップヤクの在庫がなくなりそうだが、追加を持ってきてくれたか？」

「あ、持ってきてますよ！」

いかんいかん、忘れるところだった。

わたしは湿布薬の瓶を入れた大きな袋を伯父様に渡す。

「五十個あります。また作っておきますね」

「そうしてくれると助かる。騎士団からまとめて注文が入るから、追いつかなくてね」

本当に騎士団は湿布薬のお得意様である。

ちなみに国王陛下もだ。フリードリヒ様は、腰が痛いと国王陛下に呼び出されることがなくなったと、嬉しそうだった。頻繁に呼び出されるのがよほど嫌だったようだ。

わたしたちは猫の手、ハンドクリーム、バスボムを作っている部屋をそれぞれ見学して、働いている従業員さんにアイスキャンディーを配って回ると、その後で商談ルームへ向かった。

「商品の売れ行きだが、ハンドクリームとバスボムが少し落ちたな」

「暖かくなると手荒れの頻度も下がりますし、お風呂で長時間入浴したりしなくなりますからね。ハンドクリームは冬になれば売れ行きが回復すると思いますけど、バスボムは少しアレンジしておきます？　ミントの精油を入れて、ひんやり効果を追加しましょう」

「そんなことができるのか？」

「気持ち程度ですけどね。でも、意外と気持ちいいんですよ。湯上がりがスーッとするんで。今度試作品を作ってきます」

まあ、このふたつの売れ行きが落ちていても、アイスキャンディーを売り出せば、そのふたつの落ち込んだ利益くらいかるーく取り戻せるでしょうけどね。

ただし、作り方がわかれば誰でも真似できるだろうから、金額を安めに設定して、作る手間を考えるなら買った方がいいわ～と思わせるのがコツである。材料費はそれほどかからないので、安価で売っても利益は充分に出せる。

伯父様にアイスキャンディーの保存のための冷凍庫の試作品を説明し、これをもとに店に置く冷凍庫のサイズを決める。

「このレイトウコは売らないのか？」

「作るのが大変なので今のところは考えてませんけど、もし、興味を示す人があれば金額次第応相談ってことで受けてください。受注生産ってことで。ね？　お父様？」

「うん、それなら大丈夫だと思うよ。ただ、レイトウコは氷室の魔道具よりも魔力を食うから、あんまり需要はないかもしれないけどね」

魔法が使える人ならいいが、自分で魔力が充填できない人は充填屋さんに頼む必要があるため、ランニングコストが高すぎて買わない可能性が高いらしい。お父様の計算では、氷室の魔道具の七倍ほど魔力を食うそうだ。

……わたしたちはアイスキャンディーが売れればそれでいいから、冷凍庫は今のところそれほど重要視はしていないのよね。

お父様が冷凍庫製造に手を取られたらアイスキャンディーの製造が追いつかなくなるはずだから、むしろ注文は来なくてもいいくらいなのだ。

「そうか。……それから、これを見てくれ。今の調子で商品が売れていくと、私の計算では八カ月後にはお前たちの目標の金貨一万枚に到達するはずだ。アイスキャンディーが追加されたので、おそらくもっと早いだろう。アンデルス伯爵に連絡をし、領地を取り戻す準備を始めておいた方がいい。いきなり金貨を持って、今日から領地を返してくれと言えばあちらも慌てるだろうからな」

確かに伯父様の言う通りだ。事前にこのくらいの時期に領地を買い戻せるはずだからと伝えておいた方がいいだろう。

……それにしても、金貨一万枚なんて聞いた時は途方に暮れたけど、意外となんとかなるもんね！　お父様たちの頑張りと、伯父様のおかげだわ！

「お父様、これに懲りたら、今度からはなにかを始める時は伯父様に相談してよね。わかった？」

「う、うん、わかったよ……。でも、もう投資なんて懲り懲りだからね。そんなものには手は出さないよ」

まあ、借金を返し終わっても商品の販売を停止するわけではないので、我が家にはコンスタントにお金が入ってくる。お父様が投資に手を出す必要もないわよね。

「では、アイスキャンディーの売値を決めようか。先ほど見た限り種類がいくつかあるようだが、合計で何種類だ？　販売価格は全部一緒なのか？」

商売の話になったからエッケハルトはちょっと退屈そうだ。

お母様も話を聞いていなさそうなので、ふたりには冷凍庫に残っていたアイスキャンディーを手渡してあげる。

……さってと、借金返済の目途も立ったから、頑張るわよ〜！

まさかこのアイスキャンディーが、のちのちちょっとした騒動を起こすことになるとは、この時のわたしは露とも思っていなかった。

五、不穏な噂

ヨアヒム・アンデルスは苛立っていた。

それというのも、最近王都の話題を独占しているハインツェル伯爵家のせいだ。

ハインツェル伯爵家はこの春から突然商売を始め、そこで取り扱っている商品が世の中の関心を強く引きつけている。

なぜなら、それらすべてに「国王陛下御用達」という、普通ではありえない七文字が付けられているからだ。

国王陛下が好んで使っているものに、国民が興味を示さないはずがない。

おかげで、貴族平民問わず、ハインツェル伯爵家の作った商品は爆発的に人気が出た。

あの能天気なハインツェル伯爵だけなら、こちらとしても妨害工作が取れたが、背後にボーデ子爵家がついていれば話は別だ。

ボーデ子爵は商売っ気が強く、かなりの切れ者で、社交界、経済界の重鎮にも顔が利く。妨害しようにも、ヨアヒムでは手が出せない相手だ。

（くそ……、これもすべてマルガレーテのせいだ！　あいつがなにか入れ知恵したんだ！　そうとしか思えない！）

マルガレーテの留学中に借金を背負わせて領地を取り上げ、婚約の解消までしたというのに、ハインツェル伯爵家はそんな社交界に広まった醜聞をあっという間にひっくり返してしまった。

けれども、マルガレーテが戻ってくるまではこうではなかったのだ。

あの女が——留学から戻ってきたマルガレーテが、あの小賢しい頭で考えたことに違いないのだ。

ヨアヒムは昔からマルガレーテが嫌いだった。

祖父に決められて婚約したが、マルガレーテはいつもいつもヨアヒムの自尊心をひどく傷つける。

幼い頃からやけに大人びていたマルガレーテは、あの能天気な夫婦の間に生まれたとは思えないほど頭の切れる女だった。

そのおかげで、ヨアヒムはいつもマルガレーテと比べられて、こう言われる。

——婚約者に負けないように頑張りなさい。女の子に負けたらカッコ悪いだろう？

ヨアヒムだって努力していた。

使い手が少なく難しい聖魔法も覚えたし、勉強だって頑張ったはずだ。

けれども、そんな努力を嘲笑うかのようにマルガレーテは先に行く。

——女のくせに出しゃばるな‼

何度そう言っても、あの女は改心しない。

ヨアヒムの不満と苛立ちは年月を経るごとに積もりに積もり、そしてあの日、ついに爆発した。

コーフェルト聖国への留学者を決める、選定試験の合否発表の日だ。

ヨアヒムは十六の時から毎年毎年、何度も落とされながら今年こそはと意気込んで選定試験に臨んでいた。

結果はいつも不合格だった。だが、貴賤問わず募集される選定試験には、毎年二百から三百人近い受験者が試験に臨む。

合格者は、そのうちの三人だけ。

百人中ひとりしか受からないような狭き門なのだから、落とされるのも仕方がない。年齢に上限はないのだから、何度でも挑戦できるのだ。続けていればきっと結果が出るはず。

そう自分を鼓舞しながら、ヨアヒムは選定試験を受け続けていた。

しかし——

ここでも、マルガレーテは先に行った。

しかも初めて臨んだ留学の選定試験で、首席で合格してしまうという快挙まで成し遂げて。

あの時だ。

マルガレーテとの婚約を解消しようと思ったのは。

あんな女と一生をともにするなんて、ヨアヒムには耐えられない。

しかし、婚約を解消しようにも、父と母は、亡き祖父が希望したことだからと許してくれない。

それならば、婚約を解消しなければならない状況に落とすしかなかった。

だから、あの能天気なマルガレーテの父ヘンリック・ハインツェルに投資話を持っていかせた。

人を疑うことを知らないヘンリックは、絶対に儲かるという言葉を信じ、そして、金を貸してやると言ったヨアヒムの言葉もただの親切として受け取った。

本当に、頭の中がお花畑な男だ。

アンデルス伯爵家の貸金庫から勝手に大金を持ち出したことがばれて、あとあと父からは大目玉を食ったが、その金をヘンリックが投資で摩《す》ったと知った父は絶句した。

貴族は、善良なだけではやっていけない。

ヘンリック・ハインツェルという人間が、いかに伯爵として無能なのか、父はようやく知ったのだろう。

借金の際に抵当に入れさせていた領地を奪い取ればいいと言ったヨアヒムの言葉にも、意外にも父はあっさりと頷いた。

それはそうだ。

いくら父でも、金貨一万枚の損失に目をつむれるはずがない。

おかげで、その後のヨアヒムとマルガレーテの婚約解消の話はとんとん拍子に進んだ。

父がヘンリックに、借金を返済したら領地を返してやると言った時には余計なことをと思ったが、あの男にそんな技量があるはずがない。一生かかっても無理だ。

これでハインツェル伯爵家はつぶれたも同然だ。爵位自体は残っているが、名ばかりの爵位に興味を示す人間などいようはずがない。

マルガレーテは、ヨアヒムの企みによってなにもかもを失ったのだ。

そう思うと、溜飲《りゅういん》が下がるような気持ちだった。

留学から戻ってきた時、さぞ驚くだろう。

ざまあみろ！

しかし、ヨアヒムのそんな優越感も、長くは続かなかった。

留学から戻ってきたマルガレーテは、またしてもヨアヒムを嘲笑うように先に行く。

留学者ですら一発合格は難しいと言われる聖魔法騎士団の入団試験にあっさりと合格し、新人で第一聖魔法騎士団への入団を決めてしまったのだ。

それだけでもはらわたが煮えくり返る気持ちだったのに、マルガレーテが戻ってきてから、落ちぶれていたハインツェル伯爵家が息を吹き返しはじめたのである。

先日なんて、父宛に、借金の返済の目途が立ったなどという手紙が届いていた。

父はヘンリックから領地を奪い取ったことに心を痛めていたようで、その手紙を受け取ってひどく安堵した顔をしていた。それがさらにヨアヒムの怒りに油を注ぐ。

なんなんだ！

これも全部、マルガレーテのせいだ！

ヨアヒムはぎりぎりと奥歯を噛んだ。

なんとかしなくてはならない。

あの女が幸せそうに笑っているなんて、ヨアヒムは絶対に許せないのだから。

ヨアヒムはしばらく考え、そして笑った。

そうだ、あの男ならまた知恵を貸してくれるはずだ。

大丈夫、次はもっと――、決して這《は》い上がれない奈落の底に、叩き落としてやればいい。

☆

一週間の長期休暇明け、わたしはアイスキャンディーを入れた小さめの冷凍庫（お父様が作ってくれた）を持って、団長室を訪れていた。

フライングですでに販売を開始しているが、新商品を販売する際は見せに来いとフリードリヒ様に言われていたからである。

「団長、マルガレーテ・ハインツェルです」

「入りなさい」

団長室の扉を叩くと、すぐに返事があった。

「おはようございます！　今日は新商品を持ってきました！」

扉を開けると、フリードリヒ様はライティングデスクではなくソファに座ってお茶を飲んでいた。まるでわたしが来ることがわかっていたかのようだ。

……あ、この顔、知ってたのね。

座るように言われたので対面に座ったわたしを、フリードリヒ様が軽く睨んでくる。

「アイスキャンディーというものだろう？　知っている。兄上と義姉上がどこかから聞きつけて、私に買いに行かせたからな」

「ひえ！」

「販売する前に持ってこいとあれほど言っていたのに、君という人は……」

いや、まさかフリードリヒ様が国王陛下にお使いを頼まれるような事態になるとは思わないではないか。

フリードリヒ様は聖魔法騎士であるけれど、高度な魔法も操れる魔法使いでもある。フリードリヒ様ならアイスキャンディーを溶けることなく運ぶことができるだろうが、いくら相手が弟でも、国王陛下はフリードリヒ様を便利に使いすぎだと思う。

「おかげで休暇中に呼び出されて、この炎天下の中に買い物に行かされる羽目になった」

使用人に頼もうにも、使用人が氷結の魔法を使えなければ意味がない。

仕方なくフリードリヒ様自ら店に足を運んだらしい。

「そ、それは、その、申し訳ありません」

だが、アイスキャンディーは暑い季節が勝負の季節商品だ。できるだけ早く売り出して、お金を稼いでおきたかったのである。一週間だって無駄にできないのだ。

「買ったついでに私も食べたが、君はまたおもしろいことを思いついたものだと思ったよ。それで、その箱の中に入っているのか？」

「あ、はい。これです」

「……待ちなさい」

なにげなく冷凍庫の蓋を開けたわたしに、フリードリヒ様が待ったをかけた。

「その箱はなんだ。氷室の魔道具のようだが、それよりも冷たい」

「はい、父に頼んで改良してもらいました。冷凍庫といいます。アイスキャンディーも溶けることなく保存可能です」

「また妙なものを……」

あきれ顔をする割にはしっかり興味を示している。

冷凍庫ごとわたしの手からアイスキャンディーを取り上げたフリードリヒ様は、魔石に刻まれた刻印を確かめながら、「なるほど、これで温度をさらに下げているのか……」とぶつぶつ呟《つぶや》いていた。

「君の父は、随分高名な魔法使いだな」

「昔から手先は器用な人だったんです」

「それだけじゃないだろう。魔石に刻まれた刻印も、無駄のない実に見事な魔法陣だ。魔法省にいれば大臣も夢ではなかったのではないか？」

……え？　お父様が大臣？　むりむりむりむり!!　あんな能天気な人が大臣とか、下についた人がかわいそうなことになる未来しか見えない！

いくら魔法が得意でも、人には向き不向きというものがあるのだ。あのお父様に宮仕えは無理である。もっと言えば政治家とか絶対に無理だ。騙《だま》されて汚職の嫌疑をかけられ縛り首になる未来しか見えない。断固阻止！

「ち、父にはそういうのはちょっと荷が重いので、絶対に、それこそ逆立ちしたって無理だと思います。ええ本当に、のほほんとして全然ちっとも役に立たないような人なので!!」

「君、自分の父親に対してひどくないか？」

「いいえちっとも!!」

あんなうっかり者を大臣にしたら、すぐに処刑の憂き目にあう。ひどいことを言っているようだがこれは娘の愛情だ。処刑は絶対にダメ!!

「そうか……。まあ、君の今の家の状況から考えるに、不器用な人であるだろうというのはわかる」

不器用なんて言葉が褒め言葉に聞こえるくらいのダメダメなお父様だが、まあ、理解してくれたのならいいだろう。

フリードリヒ様は、ふっと笑う。

難しい顔をしていることが多い憧れの上司の笑顔に、わたしの胸がドキリと鳴った。

……うぅ、カッコいい‼

キュンキュンしていると、冷凍庫の蓋を閉めたフリードリヒ様が、それを国王陛下のもとに持っていくというのでお見送りする。

一緒に行くかと言われたが、心臓が縮みそうなあんな場所にはもう二度と行きたくないので、丁重にお断りした。

……でもこれで、また「国王陛下御用達」の七文字がくっつくのかしら。

これはまた、売り上げがぐんと伸びそうである。

ありがとうございます、陛下‼

☆

「お嬢ちゃん、シップ貼ってくんない？」

今日は、ミヒャエラさんと一緒に騎士団の訓練場に待機する日である。

湿布薬を開発してからというもの、訓練場に待機していると、打ち身や捻挫に湿布を貼ってほしいと来る騎士が増えた。

特に今は暑いので、ひんやりとする湿布が大好評である。

……涼を取りたいがために貼ってくれと言っている感も否めないけど。

まあ、大量に使ったところで人体に悪影響は出ない作りになっているから使いすぎに関してはなんの問題もない。ただ、騎士団が大量注文するおかげでわたしの生産が追いついていないので、少しばかり使用を控えてくれると嬉しいなとは思ってしまう。

肩を痛めたらしい騎士に湿布を貼っていると、またすぐに次の騎士が湿布を求めてこちらに歩いてくるのが見えた。

「手首やったから、シップ貼ってくれよ」

……うん、皆さん、暑いんですね。

これは湿布で涼を取っているので確定だ。

わたしはちらっと、近くに置いてある小型冷凍庫を見た。

あの中にはアイスキャンディーが入っている。

……湿布貼っている間は訓練には戻れないし、渡してあげてもいいかしら？

一応これは、熱中症予防で用意したものだ。

炎天下の中で訓練を続けていたら熱中症を起こして倒れてもおかしくない。

ミヒャエラさんから、毎年、夏頃は倒れる騎士が何人もいると聞いていたから持ってきていたのだ。

「湿布を貼っている間、冷たいものはいかがですか？」

わたしがそう言ってアイスキャンディーを取り出すと、騎士たちはぱあっと顔を輝かせた。

「いいもん持ってるなお嬢ちゃん！」

「それ、この前娘にねだられて買ったぜ。冷たくてうまいよなあ！」

湿布中の騎士たちがアイスキャンディーを食べはじめると、それに気付いた騎士たちがわらわらと集まってきた。

訓練を監督していたはずの騎士団総帥のマクシム様までやってくる。

「お嬢ちゃん、俺にもちょうだい～」

……どうでもいいが、今は訓練中ではなかったのだろうか。

訓練をしていた騎士たち全員がアイスキャンディーに釣られて集合してきたけどいいのだろうか。

「ミヒャエラさん、すみません。予想通りというか、アイスキャンディーの在庫がなくなりそうなので、ちょっと、聖魔法騎士団の棟に取りに行ってきます」

なくなってもすぐに作れるように、砂糖を溶かしたジュースは持ってきている。わたしも氷結の魔法が使えるので、あれさえあればすぐに作れるし、なんなら騎士たちの多くが魔法を使えるので自分で作ってもらうことも可能だろう。

「それならわたしが行ってくるわ。一階の食堂の氷室の魔道具の中に入れていたあれでしょう？」

「そうです！　すみません、助かります！」

わたしがアイスキャンディーを配っていて手が空かないのを見て、ミヒャエラさんがジュースを取りに行ってくれた。優しい先輩だ。

「食ったやつは訓練に戻れよ～！」

アイスキャンディーをかみ砕きながら、マクシム様が言う。

そして、「よっこいせ」と声をあげてわたしの横に座ると、マクシム様が、冷凍庫の中のアイスキャンディーの在庫がなくなったのを確認してから小声で話しかけてきた。

「なあ、今度ちょっと、お嬢ちゃん家に行きたいんだが、構わないか？」

「え⁉」

わたしたちが住んでいる家は、とてもではないが貴族を招けるような家ではない。

しかも相手は騎士団総帥だ。そんな人が来たら、お父様がひっくり返るかもしれない。

「お？　団長にもようやく春ですか？　でもお嬢ちゃんは難易度高いですよ～？　なにせ、聖魔法騎士団総帥閣下のお気に入りっすからね！」

「え⁉」

わたしは違う意味でまた声をあげた。

……春？　騎士団総帥閣下のお気に入り⁉

聖魔法騎士団総帥閣下とは言わずもがなフリードリヒ様のことである。

かあっとわたしの顔が熱くなった。

……フリードリヒ様のお気に入り！

おそらく、わたしの作る製品を見せたりして接点が増えたせいで騎士が勘違いしているのだろうが、勘違いであっても照れてしまう。

すると、マクシムが「そんなんじゃねーよ」と騎士の頭を拳で殴って、ちょっと言いにくそうに続けた。

「あー、実はな、最近妙な投資話が出回ってるんだよ。で、その投資話に乗っかったやつは決まって大損しててな。お嬢ちゃんとこも去年投資で大損してるだろ？　そん時の話が聞きたくってなあ。あ、安心しろ、フリードリヒのやつも一緒に行くって言ってるから」

……ええ⁉

騎士団総帥だけじゃなくて、聖魔法騎士団総帥も一緒ですか⁉

……これはお父様、ひっくり返るどころの騒ぎじゃ済まないかも。下手したら心臓止まるんじゃないかしら？

というか、高貴な方をふたりもお出迎えできるような服、うちにあったかしら？

借金を作った時にほとんどのものを手放しているので、きちんとした服がないかもしれない。

それから高級茶もなければ茶菓子もない！　食器も、きちんとしたものを買わなくては！

あわあわしていると、マクシム様が「気を使わなくていいからな」と言ってくれる。でも、失礼があったら大変である。

「もしお嬢ちゃんの家に行くのが難しかったら、別の場所を使ってもいいし。俺らとしたら話さえ聞ければそれでいいから……」

わたしはその提案にすぐさま食いついた。

あんなおんぼろな家に高貴な人をお招きするなんてとんでもない！　なにせサロンもないのだ。話をするとなればダイニングだが、あんなぼろいダイニングテーブルに総帥閣下ふたりを座らせるわけにはいかないのである。

ぶんぶんと首を縦に振ると、マクシム様が少しホッとしたように笑った。

「おー、よかった。助かるぜ。じゃあ場所は……そうだな、あいつんちでいいか。都合のいい日をフリードリヒにでも伝えておいてくれ」

後日、わたしはマクシム様の言っていた『あいつんち』がフリードリヒ様の家だと知ってひっくり返ることになるのだが、この時はまさか公爵様の邸を使うなんて思っていなかったので、なにも考えずに「わかりました！」と能天気に返したのだった。

……わたし、お父様のこと、能天気だなんだって言えないかもしれないわね。

☆

「マルガレーテ、ほ、本当に、ここなんだよね？」

「そうよお父様、しっかりして！」

一週間後、わたしとお父様は迎えに来た馬車に乗って、フリードリヒ様のお邸であるシュベンクフェルト公爵邸へやってきた。

大きな門をくぐり、玄関の前で馬車が停まったので降りたのだが、お邸の大きさに早くも目が回りそうである。

……さ、さすが公爵家‼

使用人だけで百人くらいいそうな気がする。もっといるかも。

でーんと横に長いお邸の重厚な玄関扉から、執事と思しき品のいい初老の男性が顔を出した。

……ふ、服、大丈夫かしら？

仕立てる時間はなかったので、慌てて購入した既製品だが、わたしたちからすれば結構奮発したそこそこ上等な服である。しかし、目の前の執事の制服にも及ばないかもしれない。

……うぅ、マナーがなってないって思われたらどうしよう。

不安で仕方がないが、執事はにこりと優雅に微笑んで「お待ちしておりました」とわたしたちを邸の中に案内してくれた。

「旦那様とマクシム様はサロンでお待ちです。どうぞこちらへ」

「は、はい」

……一応手土産は持ってきたけど、自作のアイスキャンディーじゃなくてどこか高級なお店で菓子折りを買った方がよかったかもしれないわね。

サロンへ向かうと、フリードリヒ様とマクシム様がお茶を飲みながら談笑していた。

わたしたちに気付くと、メイドを呼んでティーセットを入れ替えさせる。

「呼び出して申し訳ない。どうぞ」

フリードリヒ様が立ち上がって、お父様とわたしに席を勧めてくれる。

聖魔法騎士の詰襟の白い制服ではなく、薄いグレーのシャツを無造作に羽織ったラフな格好だが、これがまたとんでもなくカッコよかった。

マクシム様の方も半袖の黒いシャツだが、筋肉隆々としているので窮屈なのか、ボタンが上から三つも開けられている。

……前世にもいたわよね。こういう、ちょい悪おやじ。

「あ、これはつまらないものですが……」

冷凍庫ごとアイスキャンディーを渡そうとすると、フリードリヒ様が受け取る前になぜかマクシム様が受け取った。

「気ぃ使わせて悪ぃなあ！」

「おい！」

さっそく冷凍庫を開けてアイスキャンディーを取り出したマクシム様にフリードリヒ様が顔をしかめた。

「なんだ、お前も食べるか？」

「そうじゃなくて、後にしろ！　失礼だろうが」

「堅苦しいこと言うなって！　それにこんくらいの方が、伯爵もお嬢ちゃんも気を使わなくていいだろ？　なあ？」

同意を求められてどう答えたものかと悩んでいる横で、お父様が「その通りです」と頷いた。

……お父様～！

緊張でカチンコチンに固まるよりはいいかもしれないが、そこで素直に頷いたらダメだろう！　気持ちはわかるけども！

マクシム様があっという間にアイスキャンディーを食べ終えて、新しいティーセットが運ばれてきたところで、フリードリヒ様が改めて呼びつけたことに対して詫びを言ってから本題に入った。

「言いにくいことを聞くようで大変申し訳ないのだが、ハインツェル伯爵、去年の投資話について覚えていることがあったら教えてくれないだろうか。どんな人物に持ちかけられたのかとか、どんな内容のものだったのかなど、なんでもいい」

「そうですね……」

お父様は記憶を探るように視線を少し上に上げた。

「あれは……初夏のことだったでしょうか。我が家に行商人が営業に来たのですよ。我が家には懇意にしていた行商人がいたのですが、その彼ではなく、初めて見る顔で、海を挟んだ南の大陸だか島国だかの製品を輸入して取り扱っているそうで、うちもどうかと言われましてね。ただ、扱っているものが珍しい宝石だったのでねえ……。高い宝石を何個も買うような余分な金はなかったので、妻が欲しがった小さな耳飾りだけ買って、続けての取引は断ったんですよ」

「珍しい宝石？」

「ええ。私にはよくわかりませんがね、朝と夜で色が変わる宝石で……ええっと、今日、妻から預かってきておりまして……」

お父様がシャツのポケットからイヤリングを取り出した。ポケットに無造作に宝石を入れるなんてお父様らしいが、落としたりしたら大変だと思わなかったのだろうか。

「借金を作った時に妻の宝石類もほとんど売り払ってしまったんですがね、これは、その……、欲に駆られて慣れない投資になんてもう手を出さないように戒めとして取っておこうと、売らずに置いておいたんです」

「というと、この宝石は投資に関わっているのか」

「ええ。私が引き続きの取引を断ると、なぜなのかとしつこく食い下がられましてね。ほとほと困りまして、我が家にはそんな金はないのだと正直に答えたんですよ。そうしたら、この宝石の輸入に関する投資話を持ちかけられましてね」

フリードリヒ様とマクシム様が顔を見合わせた。お父様の話になにか気になる点があるのだろうか。

「耳飾りを見せていただいても」

「ええ。構いませんよ」

フリードリヒ様は使用人にルーペを持ってこさせる。

「カラーチェンジをすると聞いたからアレキサンドライトかと思ったが、違うな。詳しく鑑定させなければはっきりとしないがアンデシンの可能性が高い」

「カラーチェンジタイプのアンデシンか。アンデシンはこの近辺では取れない。他の大陸からの輸入っつーのは間違いないだろうな」

「ああ、だが、流通量は極めて少ないはずだ」

「そこに目をつけたってことだろう」

「そうだな。……ハインツェル伯爵。この宝石の輸入について、どのような投資話を持ちかけられたのか教えてくれないだろうか」

フリードリヒ様は耳飾りをお父様に返して、話の続きを促した。

お父様によると、持ちかけられたのは、この宝石の採掘と流通に関する会社への投資だったそうだ。

行商人はその会社から宝石を買いつけているそうだが、採掘と運搬費に莫大《ばくだい》な費用がかかるため、その会社が投資家を探していると教えられたらしい。

この宝石は流通量が少なく、隣国でも人気が出はじめているので、莫大な利益が見込めるのはわかっている。必ず儲かる。今が一番投資するにいい時期だと勧められて、必ず儲かるなら将来家を継ぐエッケハルトのために頑張ってみようかと、昼行燈がいらぬ向上心を起こしてしまった。

「ですが、人気の投資先で、大きな事業でもあるから、投資はひと口金貨一万枚だって言われましてね。そんな金はないので、あきらめようと思ったんです。しかし、その時ちょうどヨアヒム君が来ていましてね」

「ヨアヒム？」

「マルガレーテの婚約者ですよ。あ、いえ、元ですがね。……この子にも申し訳ないことをしてしまいまして」

いや、ヨアヒムと婚約を解消できたのはむしろ万々歳だったので、お父様が気に病むことはどこにもない。

「そのヨアヒム君が、絶対儲かるなら金貨一万枚程度なら貸してやると」

「それは随分と太っ腹なことだな」

フリードリヒ様が腕を組んで眉を顰《ひそ》める。

マクシム様も、がりがりと頭をかいた。

「普通はぽんと出せるような額じゃあないよな。こいつんちみたいに馬鹿みたいな金持ちならいざ知らず」

「私でもぽんと出せるような額ではない」

……まあ、日本円で十億円ですからね。いくらお金持ちでも、いいよ貸してあげるよ～と気楽に渡せる額ではない。

「ええ。ヨアヒム君も、貸してくれるとは言いましたけど、さすがに無担保で金貨一万枚も金を貸したら父に怒られると言いましてね」

「……それでお父様ったら、邸と領地を抵当に入れたのね」

「そうそう、そうなんだよ！」

……そうなんだよ、じゃないからねお父様。

貸してやると言われて「じゃあお願いします」と気楽に借りられる額でもなかろうに、お父様の能天気さにあきれてしまう。

……ま、おおかた、必ず儲かるって言葉をそのまま鵜呑《うの》みにしたんでしょうけどね。

「お父様、その投資だけど、どうして失敗したの？」

「ああ、そうそう。宝石をこちらの大陸に運搬中にね、船が難破したらしいんだ。おかげで積んでいた荷物も全部海の底で、商談のために船に乗っていた社長さんも亡くなったらしくてね。大損を抱えて会社は倒産するしかなくなったんだって」

「それで、金貨一万枚どころか一枚も戻ってこなかったのね」

「そうなんだよ。投資って怖いねぇ」

……怖いねぇ、じゃないわよお父様‼

相手の会社が倒産したのだから文句を言うところもないのかもしれないが、だからって泣き寝入りするしかないのは情けなさすぎる。

がっくりと肩を落としていると、フリードリヒ様がなにやら怖い顔でとんとんとこめかみのあたりを指先で叩いていた。

きっと、あまりに情けない話を聞いて、あきれているに違いない。

「ハインツェル伯爵、その時に交わした投資の契約書は持ってきてくださいましたか？」

「ええ。事前にお聞きしておりましたので……」

投資先がなくなったのだから、この契約書なんて紙くずでしかないが、お父様は耳飾りと一緒に〝戒め〟として残しておいたようだ。

お父様がフリードリヒ様に投資契約書を差し出すと、マクシム様も横からそれを覗き込む。

「他のと似てるな」

「ああ。内容が似ているから、同じである可能性が極めて高い。伯爵、この契約書なのだが、しばらくこちらで預からせていただいて構わないだろうか」

「ええ、構いませんよ。ただ、その契約書は、もうなんの価値もないと思いますがね」

するとフリードリヒ様がにやりと笑う。

「案外、そんなことはないかもしれないぞ」

……ってことは、マクシム様が探っていた投資話に関係がありそうなのかしら。もしそうだとしたら、お父様にこんなふざけた投資話を持ちかけて借金を抱えさせた犯人を捕まえてとっちめてほしいわね！

フリードリヒ様とのお話は以上で、わたしたちは帰宅していいと言われたので、フリードリヒ様が手配してくれた馬車に揺られて家に帰る。

……ふぅ、緊張して肩こっちゃったわ！　後で湿布薬貼っておこうっと！

コキコキと肩を鳴らしながら玄関をくぐったわたしは、バタバタと慌ただしい足音に顔を上げた。

お母様とエッケハルトが、青ざめた顔で走ってきたのだ。

「マルガレーテ、大変よぅ！」

お母様の手には、封筒が一通握られている。

なにがあったのかしらと首をひねったわたしの袖を掴んで、エッケハルトが興奮した声で叫んだ。

「王妃様から、お茶会の招待状が届いたんだ‼」

わたしはぱちくりと目をしばたたき――

「なんですって――⁉」

思わず、大声で叫んでしまった。

六、王妃のお茶会とフリードリヒの元妻の噂

王妃様からの招待状によると、お茶会は十日後に開かれるらしい。

……って、なんでわたしが王妃様のお茶会に招待されるわけ⁉

王妃様主催のお茶会と言えば、高位貴族しか招かれないことで有名な、いわばトップ・オブ・ザ・お茶会！である。

我が家は伯爵家なので、爵位だけで考えると下の方ではない。

しかし、ギラギラとした野心家な貴族たちと違い、のんびりしているお父様は権力の二文字からは縁遠い人間だ。

没落前は社交シーズンになるとパーティーに参加したりもしていたけれど、最低限の社交さえしていればいいだろうという考えが透けて見えるくらいのやる気のなさだった。

そして現在、我が家は借金の形に領地まで奪われてしまった状態だ。

そんな没落貴族の娘が王妃様主催のお茶会に呼ばれるなんて、天地がひっくり返ってもありえない出来事だった。

「おおおおお母様！　もしかしてお母様は王妃様の内緒のお友達だったりするのかしら⁉」

「そんなはずないじゃない！　王妃様とはそりゃあ同年代だったから若い頃には何度かお話し

たことはあるけど、ご結婚されてからはほとんど接点なんてありはしないわよ！」

「じゃあなんでお茶会の招待状が届いたの⁉」

「姉様は心当たりないの⁉」

「ないわよ！　国王陛下にはお会いしたことはあるけど王妃様にはお会いしたことはないもの！」

ハンドクリームやバスボムがお気に召したらしいという話はフリードリヒ様から聞いたことはあるけれど、直接のやり取りなんて一度もなかった。

わたしたち家族は混乱のままわーわー騒いだ後、一様に沈黙した。

騒いだところで、目の前の招待状が消えてなくなるわけではない。

「……これ、どうするの？」

お母様が、不安そうな顔で訊ねる。

「どうって……、断れない、わよね」

「そ、そうよね。王妃様のお誘いを断れるわけがないわね……」

ということは、どうあっても参加するしかなさそうだ。

わたしのドレスは、留学先のコーフェルト聖国に持っていっていたものがそのまま残っているので、新調する必要はないだろう。

本当は流行を取り入れた新しいドレスで臨むべきだろうが、十日しかないのであれば仕立てるのは間に合わない。既製品を買うくらいなら手持ちのドレスを着た方がいい。

コーフェルト聖国の学園に通っていた頃も社交シーズンにはパーティーやお茶会のお誘いが来ていたので、恥をかかないようにそれなりにいいドレスを持っていっていたのだ。一年程度ならそれほど流行も変わらないだろう。

……これは、覚悟を決めるしかないわね。

お茶会の日は仕事のはずだから、フリードリヒ様に事情を話してお休みをもらわなくてはならないだろう。

さっきフリードリヒ様のお宅でした投資話のことも気になっていたのに、それどころじゃなくなっちゃったわ。

わたしはもう一度お茶会の招待状に目を通すと、はあ、と大きく息を吐き出した。

☆

次の日、わたしはフリードリヒ様に王妃様からお茶会の招待状が届いたことを報告に行った。

招待状を見せると、フリードリヒ様は頭が痛そうな顔をして嘆息する。

「なるほど、君を誘えば私が断らないと考えたのか……」

どういう意味だろう。

「それから、義姉上はアイスキャンディーをとても気に入っている。それが原因の可能性もあるか」

「え⁉」

「ハンドクリームもバスボムも、定期注文するくらいに気に入っているようだし、君自身にも興味があるのだろう」

……つまり、わたしが借金返済のために開発した商品のせいで王妃様に興味を持たれたってこと⁉

いや待て。流されそうになったが、よく考えたら、わたしが作ったものを最初に国王陛下に献上したのはフリードリヒ様だ。

そしてその後に作るもの作るもの全部を国王陛下に横流ししていたのもフリードリヒ様である。

王妃様は国王陛下経由で商品を知ったはずなので、もとをただせばフリードリヒ様のせいではあるまいか。

……これ、わたし被害者じゃない？

「国王陛下御用達」の七文字は、確かに商品を販売する上で多大なる効果を発揮したが、それはそれ、これはこれだ。

「特にアイスキャンディーは、先日も義姉上が茶会の菓子として用意させるほど気に入っていたからな。レイトウコだったか。それも購入したというし……」

……あ！　冷凍庫の注文がこの前まとめて入っていたのは、もしかして王妃様からの注文だったわけ⁉

伯父様が『これは断れないんだ』と申し訳なさそうな顔でお父様に急いで作らせていたが、王族からの注文ならそれは断れないだろう。

「しかし、突然茶会に呼ばれても支度に困るだろう。私が懇意にしている仕立て屋なら一週間もあれば一着仕上げてくれるはずだ。当日のドレス一式は私に贈らせてくれ。……私が原因でもあるからな、詫びだ」

「い、いえ！　そこまでしていただかなくても！　ドレスなら去年のものがありますし……」

フリードリヒ様のせいと言えばせいなのだが、さすがにドレスを用意してもらうのは気が引ける。

ぶんぶんと首を横に振って断ると、フリードリヒ様が顎に手を当てて、わずかに口端を上げた。

「義姉上の茶会には、毎回、仲のいい公爵夫人や大臣夫人も出席するが……」

「よろしくお願いします‼」

公爵夫人だの大臣夫人だのと聞いてわたしはすぐに手のひらを返した。

王妃様を筆頭に流行の最先端を行く人が大勢いる中でわたしひとり浮きたくない。

……くぅ！　王妃様のお茶会、舐めてたわ‼

わたしごときが呼ばれるくらいだから、きっと今回のお茶会はこぢんまりとしたものだと思っていたが、たとえそうだとしても、王妃様の基準の〝こぢんまり〟がわたし基準のはずがないのだ。

「すぐに仕立て屋に連絡を入れておこう。昼の休憩時間に合わせて採寸に来させる」

「はい」

「それから当日は、おそらく私も顔を出すことになる。……まあ、茶会が終わる時間を見計らって少し顔を出すくらいになるだろうが、ついでに君を回収して帰ってやろう。そうしないと、茶会が終わった後で義姉上や公爵夫人に個人的に呼びつけられることになるかもしれない」

なにそれ怖いんですけど！

絶対に回収して帰ってくださいとぶんぶんと首を縦に振ると、フリードリヒ様が苦笑する。

柔らかく細められた藍色の瞳に、不覚にもドキリとときめいてしまったわたしは、「それでは仕事に戻ります！」と逃げるように団長室を後にした。

☆

女性が三人集まれば姦《かしま》しいとは言うけれど、貴賤問わず、それは共通の認識らしい。

品よく始まった王妃様主催のお茶会だったが、品よく「うふふ」「おほほ」と笑い合っていたのはものの十分足らずだった。

「そうそう、聞きまして？　エリオール伯爵のところのお嬢さんのお話！」

「婚約者の浮気相手のところに乗り込んで、取っ組み合いのけんかになったっていうあれね！」

「エリオール伯爵のお嬢さんがけんかを買ったんでしょう？　かわいい顔をしてなかなかやるわね！　わたくし、実際にどんな風だったか見てみたかったわ。誰か詳しいことをご存じでないかしら？」

「噂では、ドレスの下にくさび帷子《かたびら》を着てサーベルを持って乗り込んでいったんだそうですわよ」

「まあ！　なんて勇ましい！」

「それで、浮気相手の髪をバッサリ切って、首筋にサーベルを突きつけて、もう二度とわたくしの婚約者に近付かないと誓いなさいと、血判まで押させたんだそうです」

「まあ、素敵ね！」

……いやいや、素敵とか言ってるけど、それが事実だとしたらめっちゃ怖いよ。

わたしは、同じテーブルのご婦人方がぺちゃくちゃと楽しそうに話しているのを、なんとか顔に笑みを張りつけて聞いていた。

なぜかわたしの席は王妃様と同じテーブルで、公爵夫人だの大臣夫人だのに囲まれてとんでもないことになっている。とてもじゃないが、口なんて開けそうもない。

それにしても、こういう、夫だか恋人だかの浮気相手にざまあする展開にきゃっきゃうふふと盛り上がるのは、どこの世界でも共通なのだろうか。

……前世でも、この手のざまあ系めっちゃ流行ってたのよねえ。

ただ、それは物語の中だからいいのであって、実際にサーベル持って乗り込んでいくのは怖すぎる。

そしてそれを「うふふ」「おほほ」と楽しそうに話しているご婦人方も怖すぎる。

もしかしなくても、自分の夫に思うところでもあるのだろうか。

わたしのお父様はお母様ひと筋ののんびりした性格の人なので浮気なんてしたことはないのだろうが、貴族男性の浮気なんて、そう珍しい話でもない。

よそに愛人を作っただの、使用人に手を出しただの、よく耳にする話なのだ。

貴族の結婚も離婚も国王陛下の承認が必要になるので、そう簡単に離婚はできない。

そのため、夫の不貞に泣き寝入りする女性は多いという。

……最近では、その逆もあると聞くけどね。

エリオール伯爵令嬢の話で盛り上がっているご婦人方は、もしかしなくても、自分も同じことをしたい願望でもあるのだろうか。

……想像したら怖いからやめておこうっと。

王妃様は、そんなご婦人方のお話をにこにこしながら聞いている。

ちなみに、お茶会の丸いテーブルの上には、見覚えのある小型冷凍庫がどーんと鎮座していた。中にはもちろんアイスキャンディーが入っていて、本日のお茶会のデザートである。

王侯貴族が、アイスキャンディーを食べながらお茶会とは、なんともシュールな絵面である。紅茶とスコーンどこ行った。

「そういえばこのアイスキャンディーは、本当にいいわね。暑い時にいつでも食べられるように、わたくしも、このレイトウコだったかしら？　これが欲しいわ」

「ねえマルガレーテさん。注文したら、作ってくださるのよね、このレイトウコ」

「え？　ええ、もちろんです」

……お父様ごめーん！

このお茶会の後で、冷凍庫の大量注文が入りそうな予感がする。

心の中でお父様に謝って、わたしは「ほほほ」と作り笑いでティーカップに口をつけた。

うぅ、この席、ほんとつらい！

王妃様はお優しそうだけど、なんだかずっとじろじろ見られているし、わたし、なにかしたかなあ？

「……そういえば、例のあの人が、この国に戻ってきたらしいわね」

王妃様が、ぽそりと呟いた瞬間、ぺちゃくちゃと盛り上がっていたご婦人方がぴたりと口を噤《つぐ》んだ。

……例のあの人？

首をひねっていると、王妃様がにっこりと笑う。

「マルガレーテさんは、フリードリヒ様の元奥様のお話をご存じかしら？」

え？　まさか、お茶会でその話題⁉

それ、もう八年くらい前の話じゃなかった⁉

しかし王妃様に聞かれて黙っているわけにもいかない。

「う、噂程度なら……」

「その噂って？」

「ええっと……、フリードリヒ様の奥様が、浮気相手と蒸発して、その後離縁された、と……」

噂といっても、フリードリヒ様とは少し年代が離れているので、わたしは詳しいことは知らないのだ。

ただ、それが原因でフリードリヒ様が女性嫌いになったと聞いたくらいなのである。

王妃様は冷凍庫からアイスキャンディーをひとつ出して、それを食べながら言った。

「大筋はその通りよ。例のあの人……ヘンリーケは、先王陛下が決めたフリードリヒ様の結婚相手だったのだけど、シュベンクフェルト公爵邸に来ていた行商人と恋仲になって出奔したの。ヘンリーケは実家から縁を切られて、その行商人と国外に逃亡したと聞いていたのだけど、最近になってね、戻ってきたらしいのよ」

「あら、ではその行商人と別れたのかしら？」

公爵夫人が首を傾げると、王妃様はゆっくりと頭を振る。

「そこまでは知らないのだけど……。ねえ、図々しいことだと思わない？」

「は、はい……」

王妃様に訊ねられたら「はい」しか答えはない。否定なんてできようはずがないからだ。

……でもまあ、王弟を裏切って浮気相手と蒸発しておいて、国に戻ってくるのはすごい度胸だとは思うけどね。

国王の妃なら、そのようなことがあれば「不義密通」と罪に問われるが、臣下に下った王弟であれば適用されない。しかし、世間は許さないだろう。この国でのうのうと暮らせるとは思えない。

「わたくし、心配なのよ。あの図々しい女が、フリードリヒ様に復縁を迫ったらどうしましょうって」

「え？　復縁ですか？」

「浮気相手と出奔するような図々しい人よ？　そのくらい、してもおかしくないじゃない」

王妃様はよほどそのヘンリーケという人が嫌いらしい。

まあわたしも、顔は知らないけれど、尊敬するフリードリヒ様を裏切ったその女性にいい感情は持っていない。

「マルガレーテさんはフリードリヒ様の部下でしょう？　最近、様子がおかしいなんてことないかしら？　どんな些細なことでもいいのよ。なんだか心配で……」

「そう、ですね……」

わたしはふとフリードリヒ様を思い浮かべた。

部下といっても、春からの付き合いなので、まだ四カ月くらいしか一緒にいない。

……あ、でも、入団当初から比べるとよく笑うようになったのよね。よく見ていないとわからない程度だけど。

最初の頃と比べたら、少し、雰囲気が柔らかくなったような気がする。

……もしかして、元妻のヘンリーケさんが戻ってきたからなのかしら？

ふたりは密かに連絡を取り合っていて、復縁の準備を進めているとか？

だからフリードリヒ様は雰囲気が柔らかくなったのだろうか。

顔も知らないヘンリーケさんとフリードリヒ様が寄り添って微笑み合うところを想像したわたしの胸が、もやっとする。

もしそうなら、ものすごくおもしろくない。

だって、そのヘンリーケさんという人は、フリードリヒ様を一度裏切ったのだ。

フリードリヒ様を裏切って、傷つけて、女性嫌いにまでしたその女性が、再びフリードリヒ様の妻になるなんて、どうしても納得できなかった。

「……これと言って、とくには」

だから、フリードリヒ様の雰囲気が柔らかくなったのはヘンリーケさんのおかげだとは思いたくなくて、わたしが首を横に振ると、王妃様は「そう……」と頬に手を当ててそっと息を吐く。

「ヘンリーケがフリードリヒ様にちょっかいを出さないうちに、フリードリヒ様には他の女性と再婚してほしいわね。別れてもう八年も経つのだもの」

「あら、それじゃあマルガレーテさんがよろしいのではなくて？　王妃様も、そのおつもりでこの場に呼んだのでしょう？」

……ええ⁉

爆弾発言を投下した大臣夫人に、わたしはぎょっと目を剥いた。

「フリードリヒ様とマルガレーテさんが仲良くしていると噂になっていますのよ。今日のドレスも、フリードリヒ様が用意してくださったものでしょう？　ふふっ、藍色のドレスなんて、これは独占欲の表れだと見ていいのではないかしら？」

……いやいやいやいや、違うと思いますよ⁉

わたしなんかを押しつけられたらフリードリヒ様は大変迷惑するはずだろうから、冗談でもやめてあげてほしい。

わたしは助けを求めるように王妃様を見たが、王妃様はふふっと楽しそうに笑っていて助けてくれない。

このままではこの席の話題のネタにされかねないと、わたしがあわあわしはじめた時だった。

「あら、時間切れみたい。この話題をこれ以上続けたら怒られてしまうわね」

王妃様が心の底から残念そうに肩を竦《すく》めて、視線を上げる。

王妃様の視線を追って振り返ると、フリードリヒ様がこちらに向かって歩いてくるところだった。

☆

書類仕事をしていたフリードリヒは、時計を確認すると、急いで聖魔法騎士団の制服を脱ぎ去った。

茶会に顔を出してすぐに帰るとはいえ、制服姿のままで向かうのは礼儀に反すると思ったからだ。

団長室の中にある小さなクローゼットを開けたフリードリヒは、今日のために持ってきていた藍色のシャツを手に取った。

（……ドレスを贈ったんだから、色を合わせるのは礼儀だしな）

この藍色のシャツは、マルガレーテに贈ったドレスと同じ色だ。

マルガレーテの採寸を終えた後でやってきた仕立て屋に色を聞かれて、つい、『藍色』と自分の瞳と同じ色を答えていた。

マクシムが知ったら、独占欲かと揶揄《からか》われそうだ。

（くそ、あいつが余計なことを言うからだ）

マクシムとバーで話してからというもの、妙にマルガレーテを意識して困る。

マクシムの言う通り、マルガレーテにはなんの嫌悪感も抱かないし、好ましくさえ思うけれど、いい年をして自分の瞳と同じ色のドレスを贈るなんてどうかしている。

いい加減再婚しろと周囲からせっつかれているのも確かで、マルガレーテのことは悪くないと感じているけれど、王妃の茶会にかこつけてドレスを贈るのはさすがにやりすぎただろうか。

年齢を重ねるとどうしてもそれだけ老獪《ろうかい》になってしまって、相手の気持ちを確かめるように、回りくどいことばかりしてしまう。

「のんびりしていたら茶会が終わるな」

フリードリヒはシャツの上に濃い灰色のジャケットを羽織って、急いで第一聖魔法騎士団の棟を出た。

今日は暑いので、茶会は外ではなくティーサロンで行われている。

サロンに入ると、義姉がいち早く気付いて顔を上げた。

マルガレーテが振り返り、ホッとしたように笑う。

（……あの様子だと、困らされていたようだな）

フリードリヒを見て、安堵の表情を浮かべるマルガレーテは悪くない。顔を見て安心するくらいには、フリードリヒはマルガレーテの中で信頼を得ているのだろう。

フリードリヒはまっすぐにマルガレーテのいる王妃のテーブルに近付いていくと、挨拶をした後でマルガレーテの肩に手を置いた。

「茶会もそろそろ終わりでしょう。彼女を借りていきますよ。仕事で確認したいことがあるので」

「そう言って、もう戻ってこないつもりなんでしょう？　フリードリヒ様はいつもそう。少しくらい、おしゃべりに付き合ってくださってもいいのではなくて？」

王妃が拗ねたように言うが、フリードリヒは作ったような笑顔でさらりとかわす。

「機会があれば。行くぞ、マルガレーテ」

エスコートをするために手を差し出すと、マルガレーテが一瞬だけためらって、そっと小さな手をフリードリヒの手のひらに重ねた。

（そういえば、手を繋《つな》ぐのは初めてか……）

きゅっと握ると、マルガレーテの小さな手は、フリードリヒの手のひらの中にすっぽりと納まる。

女性が信用できなくなってから、こうして女性と触れ合うのは苦手になっていた。

どうしても嫌悪感が先に来て、触れられたくないと思ってしまうのだ。

それがどうしてか、マルガレーテには嫌悪感を抱かない。

サロンを出て、第一聖魔法騎士団の棟に到着すると、フリードリヒはそのまま彼女を連れて団長室へ向かった。

「気を張って疲れただろう。少し休んでいきなさい」

マルガレーテにソファを勧めて、フリードリヒはメイドにふたり分のお茶を持ってくるように頼んだ。

マルガレーテが、ソファに背中を預けて「ふう」と息を吐いている。

「まさか王妃様と同じテーブルだとは思っていなかったので緊張しました」

「そうだろうな。義姉には私の方から注意を入れておこう。不快な思いはしなかったか？」

「あ、それは大丈夫です！　すごい人ばかりに囲まれて緊張はしましたけど、わたしの家のこととかを言う人はいませんでしたし」

それはそうだろう。

招待客に対してそのような失礼な言動をする人間を、義姉が茶会に呼ぶはずがない。

（だが別の意味で好奇の視線にはさらされただろうがな）

女嫌いのフリードリヒが、よく話をしている女性聖魔法騎士。そんな噂が流れていることを、フリードリヒも知っている。

噂好きの女性たちがその話題に食いつかないはずはなく、だからこそ義姉はマルガレーテを茶会に招待したのだ。

マルガレーテが作った製品に興味を持っているのも本当だろうが、理由の大半がその噂であるのは間違いない。

王妃主催の茶会は、最近ではもっぱら、フリードリヒの後妻探しの場になっているのだから。元妻ヘンリーケのような女性を二度と掴ませてなるものかと、義姉はフリードリヒの妻候補に挙げる女性を自分の目で確かめたがるようになった。

そして毎回その場にフリードリヒを呼んで感触を確かめようとするのもいつものことだ。

理由をつけて逃げ続けていたが、さすがにマルガレーテが参加するなら逃げるわけにはいかない。

かといって、最初から参加していたら、義姉に自分の中のマルガレーテへの好意に気付かれてしまっただろう。

そんなことになれば厄介なので、最後に顔を出してマルガレーテだけを回収して帰った。

（……まあ、それだけでも気付かれたような気もするが）

ミルクを落とした紅茶をちびちび飲んでいるマルガレーテを見やる。

（再婚、か……）

そろそろ本気で、考える時期が来たのかもしれない。

☆

マルガレーテが王妃の茶会に参加していた時間のことだった。

ヘンリック・ハインツェルは、妻コルネリアの兄ボーデ子爵家の商会から入ってきた冷凍庫の注文に追われて、朝からずっと冷凍庫の製造に励んでいた。

何個も作らされたので慣れてきて、今ではひとつ当たり三時間もあれば作れるようになったけれど、冷凍庫と同時にアイスキャンディーの注文も入ってくるのでこればかりにかまけているわけにもいかない。

アイスキャンディーのジュース液を作るのは、コルネリアや息子のエッケハルトでもできるが、凍らせるのはヘンリックでなければ無理だった。

冷凍庫の中に入れて固まらせるという方法もあるのだが、マルガレーテ曰《いわ》く、それをするとジュース液に溶かした砂糖などが沈殿して均一な味にならないのだそうだ。だから氷結の魔法で一気に凍らせるのは必須らしい。

(エッケハルトにも魔法の才能はあるが、訓練させていないからなぁ)

氷結の魔法は難易度の高い魔法だ。まだ幼いエッケハルトでは、安定して扱えない。

いよいよ注文が追いつかなくなれば、魔法使いを雇うという手段も考えた方がいいかもしれないが、アイスキャンディーは安価で売り出しているため、人件費を払えばほとんど利益にならないのだとマルガレーテが言っていた。

借金返済を目的としている以上、ぎりぎりまで自分たちでなんとかした方がいいのだという。借金を作った張本人であるヘンリックとしては、娘のその意見に大賛成だ。自分がこさえてしまった借金である。マルガレーテにはかなり頼ってしまっているが、自分でできる部分は自分でなんとかしたかった。さすがにそのくらいの矜持はヘンリックも持ち合わせている。

「うーん、肩こったな。シップヤク、貼ろうかなあ～」

自分では貼りにくいため、ヘンリックは妻を探して部屋を出た。

「コルネリア～、シップヤクを貼ってほしいんだが～」

てっきりダイニングにいると思って扉を開けながら声をかけたが、部屋の中には誰もいなかった。

（エッケハルトと一緒に裏庭かなあ？）

菜園の野菜でも収穫しているのかもしれない。

そう思ってヘンリックが玄関を出た時、ちょうど、小さな門扉から身なりのいい紳士が入ってくるのが見えた。

頭にはシルクハット、手には革のトランクケース。

（うーん、どこかで見たような……）

首を傾げていると、男はシルクハットを取ってにこりと笑った。

（あ！）

その顔には見覚えがあった。

ハインツェル伯爵領が奪い取られる前に、邸に来た行商人だ。ヘンリックにあの投資を勧めた男である。

「伯爵、ご無沙汰しております」

「え、ええ……」

なんでこの男がここに来たのだろうとヘンリックは訝《いぶか》しんだ。

逆恨みになってしまうかもしれないが、この男にはあまりいい感情を持っていない。この男が来なければ、ヘンリックは馬鹿な投資に手を出したりしなかったからだ。

（……まあでも、この人は親切で勧めてくれたんだよなあ）

思うところはあるが、そう考えると無下にはできず、ヘンリックはその男をダイニングに上げた。用事があるようだし、炎天下の中、玄関前で立ち話もかわいそうだと思ったからだ。

コルネリアたちはやはり裏庭の畑にいたようで、ヘンリックが慣れない手つきで茶を入れていたところに戻ってくると、お茶の用意を代わってくれる。

料理はあまり得意でない妻だが、お茶を入れるのはとてもうまいのだ。最近ではマルガレーテが茶葉を買ってくれたので、前のようにお茶という名の白湯じゃなくなったのがありがたい。

マルガレーテが『成長期なんだから』と言ってエッケハルトのために買っていたクッキーを少し分けてもらって茶菓子として出すと、ヘンリックは改めて男に用件を確認した。

（ええっと確か……、ホルガーさんだったよな）

記憶を探り名前を思い出すと、ヘンリックはこほんとひとつ咳払いをする。

「ホルガーさんでしたよね。本日はどういったご用でしょうか。この通り、我が家には宝石類を買う余裕はないのですが……」

「いえいえ、今日は商品を売りに来たのではないのですよ」

（名前あっててよかったー！）

ホッと小さく息を吐きつつ、ヘンリックは首を傾げた。

「それでは、どのような用向きで？」

すると、ホルガーは申し訳なさそうに眉尻を下げる。

「いえね、昨年の投資のお話では、伯爵には大変な不利益を被らせてしまいまして……、本日は、そのお詫びにと思いまして」

「ああ、いえいえ。私の運がなかっただけですので、そのようなお気遣いは」

ホルガーは、昨年の投資話がいい話だと思ったから勧めてきたのであって、まさかヘンリックを陥れようとしたわけではあるまい。船の沈没なんて誰にも予測できないことであるし、ホルガーのせいではないのだ。

「それでは私の気が済みませんので……。本日は、その損失を取り戻せるお話を仕入れたので、僭越《せんえつ》ながら持ってこさせていただいた次第です」

「はあ、損失を、取り戻す……ですか？」

ヘンリックが作った借金は金貨一万枚だ。それを取り戻せるようなうまい話が、そうそう転がっているものだろうか。

（それに、借金はマルガレーテのおかげで返す目途が立ったしなあ）

投資の手違いかなにかで払った金が戻ってくるというのなら嬉しいが、そんなはずはあるまい。

そう思っていると、ホルガーはトランクケースから一通の書類を取り出した。

「実はね、知り合いの商店から新しい投資話を持ちかけられたのですよ。金の価格が安い国から大量に金を買いつけて売る商売でして、これならばすぐに、前回の損失を取り戻すことが可能ですよ」

「そうおっしゃいますが、当家には投資する金なんてありませんし、もうよそに借金をするのはねえ……」

「いやいや、伯爵は新しい商売を始められたとか。今回はひと口金貨千枚からなので、売り上げから充分出せる金額では？」

売り上げを管理してくれているボーデ子爵によれば、すでに売り上げは金貨一千枚を優に超えているらしい。だから、出せないことはないが——

（だがなあ、投資はもうしないって決めたし……）

本当に儲かるのならばいざ知らず、また失敗したら目も当てられない。

「今日すぐにお返事をいただかなくても構いませんよ。これが契約書になりますので、契約内容をご確認いただき、ご検討いただければ」

「でも……」

「私は今この住所に住んでおりますので、ご質問があればいつでもお越しください」

去年もそうだったが、ホルガーはなかなか押しが強い。

（だが投資は、なあ……）

そう思っていると、黙ってそばで聞いていたエッケハルトが、ひょいっとその契約書を手に取った。

「わかりました。じゃあ、検討してお返事します」

「エッケハルト⁉」

「父様、これはチャンスだよ。姉様ばっかりに頼っていたら姉様も大変だからね。検討する価値はあると思うよ」

エッケハルトがにこりと笑って言うと、ホルガーが大きく頷く。

「ええ、ええ、その通りです。こんないい投資話は滅多に出てきませんよ。お坊ちゃんはまだ幼いのに大変利発でいらっしゃる」

ヘンリックも、息子を褒められれば悪い気はしない。

「はあ、そうですか。じゃあ、検討させていただきますので……」

「いいお返事をお待ちしておりますね」

ホルガーは微笑んで一礼すると、シルクハットを手に帰っていく。

玄関まで見送りに出ていたヘンリックは、エッケハルトが持ったままの書類を確認しようと、息子に手を差し出した。だが――

「この書類さ、姉様が帰ってきてから確認してみようよ」

エッケハルトはにやりと笑うと、その書類を持ったまま、自分の部屋に上がってしまったのだった。

七、怪しい投資話

「例の行商人がまた来た？」

王妃様のお茶会から帰宅したわたしは、にこにこ顔のエッケハルトが差し出してきた投資の契約書を見て目を丸くした。

「うん、そうなんだ。父様が断ろうとしてたから、僕がちゃんと契約書を手に入れておいたよ。見るからに怪しいでしょ～？」

「エッケハルトはその投資話に興味があったんじゃなかったのかい？」

お父様がきょとんとすると、エッケハルトがあきれ顔でお父様を見やる。

「ある意味興味はあるけど、投資をする気なんてさらさらないよ。父様、うまい話には裏があるものなんだから、ちょっとは疑わないとダメだよ～？」

「あら、じゃあどうしてその契約書を預かったりしたの？」

お母様がおっとりと頬に手を当てる。

エッケハルトはにまにまと得意げに笑った。

「姉様の上司のフリードリヒ様が最近王都で広まっている投資の話について探っているんでしょ？　これ、役に立つんじゃないかと思って」

「エッケハルト、偉いわ！」

わたしは得意げなエッケハルトの頭をぐりぐりと撫でた。

どうしよう、うちの弟、神童というやつではなかろうか！　十歳なのにお父様の何倍も賢い気がする！

「えへへ～」

褒められたエッケハルトが嬉しそうな顔でわたしの腰に抱き着いてくる。

ギューッと抱きしめ返してから、わたしはエッケハルトが渡してくれた投資の契約書に目を通した。

ざっと目を通してみると、確かに怪しい。

あまりに利益配分が高すぎるのだ。

……売り上げの九割を投資者に分配しますって、ありえないでしょ。

そう思って隅々まで契約書を確認していくと、隅の方に小さく、損失が出た場合は、売り上げと同じくその九割を投資者の投資金で相殺すると書いてあった。

「エッケハルト、この契約書、わたしが預かってもいいのよね？」

「もちろんだよ～」

フリードリヒ様とマクシム様が怪しんでいたことから、お父様が借金を背負うことになった投資話にはなにか裏があるのではないかとは思っていたが、これはいよいよ怪しくなってきた。

お父様に投資話を持ってきたホルガーという行商人は、もしかしたら詐欺師ではなかろうか。

……もしそうだとしたら、二度もお父様を騙そうとするなんて、許せない‼

お父様はもう投資はしないと心に決めていたようだが、あの手の人間は、断ったところであの手この手で騙そうとしてくるものだ。エッケハルトが機転を利かせてくれて助かった。

……もしその男が詐欺師なら、捕まえてとっちめてやるわ‼

まずは、フリードリヒ様に報告だ。

フリードリヒ様とマクシム様が投資話を探っているのであれば、なんらかの情報は持っているはずだからである。

わたしは、契約書を握りしめて、急いで第一聖魔法騎士団の棟へ戻ったのだった。


第一聖魔法騎士団の団長室に向かって、契約書を見せて事情を説明すると、フリードリヒ様はすぐさまマクシム様を呼んでくれた。

「確かに怪しいが、妙だな」

マクシム様は契約書に目を通して、うーんと唸る。

「同じ人間を二回狙うか？　しかも、こう言っちゃなんだが、ハインツェル伯爵家は借金を抱えていて、金なんてなさそうだろ。ハインツェル伯爵家が開発した商品が売れてるから、その売り上げを狙ったのか？　だとしてもなあ……」

「まだこれが詐欺と決まったわけではないが、その場合、一度騙せたので騙しやすいと判断したとも考えられるな」

「なるほどなあ……」

マクシム様は、ホルガーという行商人が詐欺師の場合、お父様を二回も狙ってきたのが解せないようだ。

確かに、うちには投資に回すお金なんてない。

住んでいる家も貴族が住むにはボロすぎる家で、利に敏い商人ならば門構えを見ただけで相手にしないだろうと思われた。

「理由なんて今考えたって仕方がない。問題はこれが詐欺なのかそうでないのかを確かめる方が先決だろう。一連の投資詐欺の件との関連も調べた方がいい」

「あの……」

口を挟むのはよくないかなとは思ったが、どうしても気になって、わたしはふたりの話に割って入る。

「その投資詐欺について、教えてもらってもいいですか？」

「うん？　ああ……、どうすっかな……」

「マクシム、彼女とその一家は被害者である可能性がある。伝えてもいいんじゃないか？」

「まだ言うほど証拠が集まってるわけじゃねーんだけどなぁ……、ま、いっか。お嬢ちゃんなら吹聴して回らねーだろうし」

マクシム様はがしがしと頭をかいた。

「いくつかパターンはあるんだがな、外国の宝石だとか金の買いつけの事業への投資話を持ちかけて、船が沈没しただの採掘現場が事故っただので会社が倒産。負債を抱えたために投資金を返還できないっていうのが、一連の投資詐欺の大筋だ。ただ、投資話を持っていったやつが、毎回違う名前なんだよ。名前を変えているのか本当に違う人間なのかもわからねえ。いくつか契約書は手に入れられたが、この手の投資に細かい規定法なんてねーから、これだけじゃあ難しいのなんの。せめて投資先の会社が架空のものだとか、なにか情報が入れば動きやすいんだが」

「相手の会社の所在地が国外だからな。さすがに他国に協力要請できるほど証拠がそろっているわけではない」

「つーわけだよ」

つまり、ホルガーという男が持ってきた怪しげな投資の契約書は、確かに怪しいが、投資の契約に対して細かい国の規定はないからこれだけでは罪にはならないらしい。

「それで、お嬢ちゃんの家に来たホルガーって男は、どんな格好をしていたんだ？」

「わたしは直接見ていませんけど、父が言うには、三十代半ばほどの外見で、黒髪で、身長は男性の平均身長くらい。目は細くて、痩せ型だそうです」

「それだけじゃあ特定しにくいが、他の被害者の報告と一致する部分はある、か」

「同一人物が名前を変えている線が濃厚かもしれないな。グループ犯じゃなければこちらとしてはありがたい。その男をなんらかの形で捕らえられれば、尋問して吐かせればいいだけだ」

「問題は、どうやって捕らえるかだよ。捕らえるにしてもなんらかの罪が必要だろう？」

確かに、なにもない人間を捕縛することはできないだろう。ホルガーという男が詐欺師かどうかの証拠もない。勘違いだったら大変なことだ。

……なにかないかしら。ホルガーが詐欺師かどうかを判断する材料……。

もし、ホルガーが相手によって名前を変えて投資話を持っていっていたのならば、それだけでも充分怪しい証拠になるはずだ。

せめて、契約書が手に入れば――、あ。

「あの、契約書って、二通ありますよね。本人控えと、相手が持つものと」

「ああ、そう……なるほどな！　ホルガーの家を調べりゃ、契約書が出てくるかもしれねーってわけか！」

相手によって名前を変えて契約書を交わしていたのならば、その違う名前で執り行った契約書をすべてホルガーが所有していたらおかしい。

もしそれが見つかれば、それをもとにホルガーを捕縛し尋問にかけられる。

「だがなあ、どうやってそのホルガーの家から、その契約書を探すのかって話だ。いきなり押し入るわけにもいかないだろう？」

「投資について質問があればいつでも来いと、ホルガーという人が言っていたそうです。わたしの家族であれば怪しまれずにその家に行くことができます」

「そして隙を見て家の中を漁るのか？　危険すぎる」

フリードリヒ様が眉を寄せて首を横に振った。

「でも、家に押し入れないならこれしかないと思います」

「もしそれで、君や君の家族に危険が迫ったらどうするつもりだ」

「うちの父は、能天気ですがあれでなかなか優秀な魔法使いです。わたしも、聖魔法以外にも多少の魔法が使えます。なにかあっても自分の身くらい自分で守れます」

「そういう問題では――」

「まあ待て待てふたりとも！　お前たちで言い争ってどうする」

フリードリヒ様と言い合いになりそうになったところで、マクシム様が止めに入った。

……つ、つい熱くなっちゃったわ。

ホルガーが詐欺師なら、なんとしても捕まえてやりたいという気持ちが先走ってしまった。

「すみません、つい……」

「いや、私も悪かった。だが、危険なのは本当だ。君や君たち家族は被害者かもしれないが、捕縛者ではない。本来この手の取り締まりは騎士団の管轄だ。聖魔法騎士である君の仕事ではないし、もっと言えば君の家族の仕事でもない」

「そう、かもしれませんけど……」

ホルガーの近辺を探れるチャンスがあるのに、それをみすみす逃すのはもったいないとは思わないのだろうか。

手をこまねいていて、それこそホルガーに他国にでも逃げられたら大変だと思う。

わたしとしては、なにがなんでもホルガーを探って、詐欺師かどうかを確かめたいのだ。

けれども、フリードリヒ様がダメと言うのに、勝手な真似はできない。

わたしが勝手に動いたことでフリードリヒ様たちが捜査しにくくなる可能性もあるのだ。わたしの行動が結果的にふたりの邪魔をしてしまうかもしれない。

なにもできない自分が悔しくて唇を噛んでいると、マクシム様ががしがしと頭をかいた。

「あー……、フリードリヒ、お嬢ちゃんの案は、それほど悪いもんじゃないと思うぞ。もちろん、お嬢ちゃんたちだけを行かせるのは危険だが、こちらがすぐに動ける用意をしておけば、万が一ということもないだろうし」

「マクシム！」

「お前がお嬢ちゃんが心配なのはわかるがなあ、お嬢ちゃんの気持ちも考えてやれ。……家族が詐欺に遭ったのなら、その詐欺師を自分の手で取っ捕まえたいと思うのは、なにもおかしなことじゃないだろう？　お前だって、似たような思いをしたことがあるだろうが」

フリードリヒ様はマクシム様をじろりと睨んで、それからはあ、と息を吐いた。

「……少し考えさせてくれ」

「はいよ。じゃあ、お嬢ちゃんとも腹を割って話をするんだな。俺は仕事の途中だから戻る。決まったら教えてくれ」

じゃーなー、と手を振って、マクシム様が団長室から出ていった。

フリードリヒ様はそのまま黙り込んでしまったので、お邪魔だろうから退出しようとわたしが腰を浮かせかけると、フリードリヒ様が顔を上げる。

「少し散歩に付き合ってくれ。……頭を冷やしたい」

日が落ちかけているとはいえ、外はまだ暑いので到底頭は冷えない気がしたが、わたしも少し歩きたい気分だった。

座っていると、そわそわして落ち着かないからだ。

今日、お茶会の席から連れ出してくれた時のように、「行こう」と手を差し出されて、わたしは反射的に彼の手を握る。

そういえば、少し前に病院視察に行った時にフリードリヒ様の腕を掴んでしまった時は、『私には無闇に触れるな』って言われたんだけど、もう大丈夫になったのかな？

こうして、当たり前のように手を繋がれたのを不思議に思いながら、わたしはフリードリヒ様と聖魔法騎士団の棟の裏手の庭へ向かった。

聖魔法騎士団の裏手の庭は、人の目を楽しませるために作られているわけではないので、見ていておもしろいものはあまりない。

各棟に近いところにそれぞれの聖魔法騎士団専用の薬草園があって、ポーションを作る時などはそこから薬草を採取している。

薬草には寒さに弱いものがあるので、離れたところには温室もあった。

聖魔法騎士団棟の裏庭は夕方は影が落ちるので、影を歩いていたらそれほど暑さは感じなかった。

時折、生暖かい風が通り過ぎていく。

……暑いのも、あと二週間くらいかしら？

もうじき、王都に秋がやってくるだろう。

秋になれば、王都に領地に帰っていた貴族が集まりはじめて、社交界がにぎやかになる。社交シーズンの始まりだ。

ハインツェル伯爵はすっかり落ちぶれてしまったけれど、売り出した商品たちは社交界の話題をさらうくらいに人気になっているので、多少なりともパーティーの招待状が届くだろうと思われた。

借金のせいでお母様はドレスやアクセサリーを手放してしまっているので、パーティーのために作らせておいた方がいいだろう。

お父様にも、何着か服を仕立てておいた方がいい。

お金がかかるが、社交は貴族の義務だ。招待を受けて、それをすべて無視するわけにはいかないのである。

「あ、コスモス……」

ひと足早い秋の訪れを見つけて、わたしがぽつりと呟くとフリードリヒ様が足を止めた。

薬草ばかり植えられている薬草園から少し離れたところにある、申し訳程度の小さな花壇に、コスモスの薄ピンク色の花が一輪揺れていた。

「もうそんな季節か」

「そういえば、フリードリヒ様のお誕生日は秋でしたね」

「知っていたのか」

「はい、もちろん」

王弟の誕生日を知らない貴族は、この国にはいないだろう。

臣下に下ってから誕生祝のパーティーは開かれなくなったようだが、王子時代は毎年パーティーが開かれていたはずだ。

まあ、わたしはその時はまだ社交デビュー前の子どもだったから、行ったことはないんだけどね。

「……二十代もあと数カ月だな。三十になると思うと、一気に老け込んだような気分になるのが不思議だな」

「そんな！　フリードリヒ様はまだまだ若いですよ！」

「十代の君に言われてもな。……君の誕生日はいつだ？」

「冬生まれなので、もう少し先です。フリードリヒ様のお誕生日の二カ月後ですね」

「十九になるんだったか」

「はい」

「…………十一、違うんだったな」

ぽつり、とフリードリヒ様が呟いて、日影のベンチを指さした。

「あそこにでも座って話そう」

フリードリヒ様とベンチに座ると、フリードリヒ様は茜色《あかねいろ》に染まった空を見上げて目を細めている。

かと思えば、空を見上げたまま突然、小声で「さっきは言い忘れていたが、そのドレス、似合っている」と言った。

……そういえば、慌てて戻ってきたからまだ着替えてないんだったわ。

わたしはお茶会用にフリードリヒ様が贈ってくれた藍色のドレスを着たままだ。

フリードリヒ様は仕事着に着替えてしまったので詰襟の白い制服だ。だからだろうか、なんだか場違い感が半端ない。

「あ、ありがとうございます」

急にドレスを褒められ、わたしは照れてしまって俯《うつむ》いた。

「それから、さっきは悪かった」

さっき、というのは、団長室でマクシム様を交えて話していた時のことだろう。

「いえ……」と首を横に振ると、フリードリヒ様が空からわたしに視線を移した。

「君を危ない目に遭わせたくなかったんだ。……だが、君の気持ちも、わからないわけではない。私にも似たような経験があるからな」

「フリードリヒ様も詐欺に遭った経験があるんですか⁉」

「詐欺……、いや、あれは詐欺とは違うと思うのだが……」

フリードリヒ様は苦笑して、昔を思い出すように軽く目を伏せる。

目の下に睫毛《まつげ》の影が落ちて、睫毛長いな～とわたしはちょっと感心した。

フリードリヒ様の睫毛は、髪の毛と同じ銀色なので普段はあまり気付かないのだが、よく見ると本当に長い。瞬きすると音がしそうだ。羨ましい……。

「私の妻が、浮気相手と逃げたのは知っているだろう？」

「え？　あ、は、はい……ええっと……」

「ああ、気を使わなくていい。当時、腹は立ったが、傷ついたわけではないんだ。ひどい男だと思うか？」

「え、いえ……」

むしろ、フリードリヒ様が元妻の行動で傷ついていないのならば、よかったと思ってしまった。

……傷つくってことは、それだけ元奥さんのことを愛していたってことだもんね。……って、わたし、なにを考えているのかしら。

傷つかなかったということは、フリードリヒ様が元妻のことを愛していなかったということで、それに安心してしまうなんて、わたしも大概どうかしていると思う。

「私の元妻ヘンリーケは、侯爵家の出身で、私が十五の時に婚約させられた。政治的なバランスと、それから妻の実家が兄の立場を脅かさないところで適当に決められたと言ってもいい」

適当なんて、そんなことはないだろう。

おそらく当時はヘンリーケさんの実家がフリードリヒ様と婚姻を結ぶ上で一番いいと判断されたからそうなったはずだ。

……高位貴族になればなるほど、恋愛結婚からはほど遠いもんね。

家の立場。派閥や政治的バランス。いろいろな要因で、本人の意思と関係なく決められる。

フリードリヒ様もそうだったのだろう。

だから、淡々と過去の話ができるのかもしれない。

「ヘンリーケは、結婚するまではかなり大人しい女性だったように思う。自己主張も少なくてな。だが、結婚した途端に豹変《ひょうへん》した。……いや、私の前では変わらなかったのか。なんというか、ものすごく金遣いが荒くてな。私は仕事で留守がちにしていたのだが、家令から、このままでは一年の生活費が一カ月で使われると報告をされて、私は耳を疑ったものだ」

それはすごい。公爵家の一年の生活費を一カ月で使い切るなんてよっぽどだろう。具体的な金額はわからないが、フリードリヒ様が慌てるだけの額だったのは確かだと思う。

「さすがにまずいと、私は慌てて妻が自由にできる金を制限した。妻に言わせれば、公爵家の、そして王弟の妻として恥ずかしくない装いをしなくてはならないとのことだったが、それにしても限度がある」

「そうですね……」

おそらくだが、王妃様であってもそれほどの金額は使わないと思われた。本気で「恥ずかしくない装いのため」だと思っていたのならば、よほどの勘違いだろう。

「妻はそれが不満だったようだ。結婚して二年も経たないうちに、邸に出入りしていた行商人と出奔した。……邸にあった、大量の金や宝石を持って逃げて、な」

「え⁉」

「細かくは計算していないが、総額金貨五万枚は下らないだろう。宝石の数個くらいなら目をつむろうと思っていたが、さすがに目をつむれる額ではなかった。そして、私も当時相当腹が立っていたから、なにがなんでも捕まえて窃盗罪で投獄してやろうと本気で思っていた」

……それはそうでしょう。金貨五万枚。つまりは日本円で五十億。桁が違いすぎる。

「だが、妻も行商人の男も捕まらなかった。異国にでも逃げたのだろう。さすがに、国境を越えて捜すわけにはいかないし、他国に王弟の妻が家の宝石を盗んで出奔したなんて知られたくない。恥でしかないからな」

その通りである。

フリードリヒ様はなにも悪くなくても、笑われるのはフリードリヒ様と王家だ。国内は仕方がないとはいえ、他国にまでそんな醜聞は広めたくないはずだ。

……なるほど、わたしの気持ちがわかるっていうのは、そういうことか。

同じ状況ではないけれど、確かにそれは悔しすぎる。

……あれ、じゃあ、もしかして、あの噂はフリードリヒ様には朗報なのかな？

わたしはふと、今日のお茶会での話題を思い出した。

「あの、そういえばそのヘンリーケ様ですけど、この国に戻ってきているって噂があるみたいですよ」

「ああ、知っている」

……それもそうか。王妃様が知っていたんだから、フリードリヒ様の耳にも入っているよね。

「捜して、捕まえないんですか？」

「八年前のことだからな。捕まえたところで、自分じゃないと言われればそれまでだ。証拠があるわけじゃない。持ち出した宝石類は、すでに換金して手元にないだろうしな」

「そう、ですか……」

証拠がなければ、確かに罪には問えない。

……それは、悔しいね。

ホルガーという行商人が詐欺師で、お父様を騙して借金を背負わせたのならば、わたしは彼を捕まえたいし罪に問いたい。証拠がなくてそれができないと言われたら、ものすごく悔しい。

……でも、フリードリヒ様が我慢しているのに、わたしだけホルガーの家に乗り込んで証拠を捜したいと駄々をこねるのは、ワガママなのかな。

ホルガーの家を捜索したら証拠が出てくるかもしれないが確証まではない。

フリードリヒ様が危ないと反対するのを押し切ってホルガーの家に乗り込むのは、元妻のことで我慢しているフリードリヒ様の前ですることではないのかもしれない。

わたしはそれですっきりするけど、それができないフリードリヒ様は、きっともやもやしてしまうだろうから。

……ここは、フリードリヒ様とマクシム様に任せるしかないのかしら。

しょんぼりしていると、フリードリヒ様がまた夕焼けに染まった空を見上げて、しばらくしてから口を開いた。

「……さっきは反対したが、万全を期すなら、君や君の家族をホルガーの家に向かわせてもいい」

「え？　本当ですか⁉」

「ああ。だが、君や君の家族だけで向かわせるのは却下だ」

「でも、一緒に行ったら怪しまれるんじゃ……」

「ああ。だから、気付かれないようにホルガーの邸の周りを包囲し、それから、なにかあればすぐに突入できる準備を整えておきたい。少し方法を考えるから、待っていてくれないか。それほど長くは待たせない」

「……いいん、ですか？」

わたしが驚いて目を見開くと、フリードリヒ様がふっと笑った。

「言っただろう。……君の気持ちは、わかるつもりだ」

視線を空からわたしに戻して、柔らかく目を細めたフリードリヒ様はものすごく優しい顔をしていて、わたしの心臓が、バクバクと大きな音を立てて主張しはじめる。

……ああ、まずいなあ……。

フリードリヒ様は幼い頃からの憧れで、尊敬できる上司で――

……好きに、なっちゃった、かなあ…………。

そんな憧れがいつの間にか恋に変わっていることを自覚したけれど、さすがに十一も年が離れている子どもを、フリードリヒ様が相手にするはずがないだろう。

自覚と同時に失恋決定かと、わたしはフリードリヒ様の綺麗な笑顔を見つめながら、そっと痛む胸の上を押さえたのだった。

八、突入、そして

ホルガーが我が家に来てから五日後。

わたしたち家族は、四人でホルガーに教えられた住所を訪れていた。

ホルガー宅は二階建てのなかなか大きな家だ。

マクシム様が事前に調べたところ、この家の所有者はとある男爵で、ホルガーは家を借りているだけのようだった。

行商人が貴族のお邸を借りて住んでいるなんて、なんだか怪しい。

確か、お父様の話では、去年お父様が借金を抱えることになった投資話に、ホルガーも投資していたと聞いている。

投資で大損を抱えたにもかかわらず、貴族のお邸を借りるような贅沢をするほどの余裕が宝石を売り歩いている行商人にあるのだろうか。

商売に成功して富豪となった商人ならわかるが、社長室にふんぞり返るのではなく自らの足で商品を売って回っているホルガーがそれほど成功しているとは思えなかった。成功していたら、人を雇って動かすはずで、本人が汗水たらして宝石を売って回る必要はない。

しかし、こんな貴族のお邸を借りられるほどの余裕があるのならば、それなりに儲かっているはずだ。

……そうなると、ホルガー自身が行商人として家々を回ることこそに意味があるように思えてくるわね。

そう。たとえば、ホルガーが本当に詐欺師だった場合だ。

詐欺で儲けているのならば、詐欺を働くために自らの足でカモを見つけて回っているのだと も考えられた。

これがグループの犯行でないなら、ホルガー自身が動いているのも頷ける。

……疑いはじめると、全部が怪しく思えてくるわ。

今日はその疑惑が本当かどうかを確かめるためにここに来たのだ。

フリードリヒ様とマクシム様からは、なにかあったらすぐに突入できるように、変装させた騎士たちを邸の周囲に待機させていると聞いている。

加えて、この邸の警備の中にも紛れ込ませたらしい。

ホルガーは王都に長期間滞在するつもりがないのか、警備の人間を短期間雇用しているようで、その使用人たちは、富豪が使う警備の斡旋所《あっせんじょ》を利用していた。

斡旋所に登録している人たちは、いわば前世の派遣社員のようなもので、雇い主の性格に合わなかったりだとか、雇われた側の都合とかで、顔触れがちょこちょこ変わる。

それを利用して、数人の騎士を潜り込ませることに成功したらしい。

……わずか五日でそこまでの手配が完了するなんて、さすが騎士団。有能すぎ。

ただ、ホルガーは邸の中には警備を置かず、外だけを守らせるので、邸の中の潜入捜査まではできなかったと言っていた。

だからこその、わたしたちの出番である。

むしろ、騎士団だけで全部完結しなくてよかった。

能天気なお父様とお母様も、ホルガーに騙された可能性があると聞いてやる気を見せているし、エッケハルトも『やられたまま泣き寝入りなんて嫌だよ』と気合十分だ。

もちろん、わたしだって、これが詐欺ならば、やられた分はきっちりやり返す所存である。

……フリードリヒ様の予想もほぼ詐欺で確定みたいだから、絶対に証拠を見つけて取っ捕まえてやるんだから！

門をくぐり、玄関の呼び鈴を鳴らすと、雇われの使用人らしき人が現れた。

マクシム様の調査では、ホルガーに雇われている使用人は、料理人を除けばふたり。

ふたりとも通いで、外の警備員と同じく短期雇用されている人たちだそうだ。

この大きな邸に、あとはホルガーと、彼の妻らしき女性がひとりだけだという。女性の方は外を出歩かないタイプのようで、あまり詳しい情報は得られていない。

使用人の男がにこやかにサロンに案内してくれる。

「お待ち申し上げておりました、伯爵」

ホルガーには投資話について質問があるので会いたいと連絡を入れてあった。

お父様にはこの部屋で、投資話に乗り気な雰囲気を見せつつ、事前に用意した百の質問をちまちまとホルガーにぶつけてもらう段取りである。

その途中で、エッケハルトが退屈になって、邸の中を見て回りたいと言い出し、わたしたちがエッケハルトについてサロンを抜けるという計画だ。

……十歳の子どもが相手なら、ホルガーも怪しんだりしないでしょうし。

お父様は魔法が得意なので、なにかあっても充分に自分の身を守れる。

わたしも防御系の魔法は得意だし、いざとなれば聖魔法の身体強化で対応可能だ。

……使用人がふたりと、あとはホルガーとその妻ひとりしかいない状況だから、大丈夫なはずよ。

わたしたちの行動を怪しみ、危害を加えてこようとしても、わたしが防御壁と身体強化で対応している間に、警備に紛れ込ませている騎士たちや邸の周りを見張っている騎士たちが駆けつけてくれるという寸法である。

サロンで、ホルガーとにこやかに挨拶を交わしながら、わたしはその時が来るのを緊張しながら待ち構えた。

「父様、まだ質問があるの？　僕、退屈になっちゃったよ〜」

　お父様が十三個目の質問をホルガーにぶつけた時、エッケハルトが足をぶらぶらさせながら言った。

　お父様は弱り顔で頭をかく。

「お金のことだからわからないところはきっちりさせておきたいんだよ。また失敗したくないからねえ。でも、エッケハルトには退屈だったかな。……ホルガーさん、申し訳ないのですが、息子にお邸の中を見せていただいてもよろしいでしょうか。歩き回れば少しは落ち着くと思いますので」

「それならわたしとお母様もついていくわ。エッケハルトをひとりにすると、どこに行くかわからないもの。よろしいでしょうか、ホルガーさん。珍しい絵画や壺《つぼ》がちらっと見えたので、よかったら見学させていただけると嬉しいのですが」

　ホルガーに断られる前に畳みかけると、彼はにこりと微笑んだ。

「ええ。構いませんよ。ただ、絵や壺には手を触れないようにお願いしますね。知人に借りたものでして……」

　この邸は男爵から借りたものなので、汚されたり壊されたりしたら大変なのだろう。

「はい、わたしと母とでエッケハルトが触れないように見張っておきますので」

　エッケハルトが「早く早く」と急かすようにわたしの手を引く。

「ちょっと待って、エッケハルト。……ホルガーさん、それでは少し見学させていただきますね」

ホルガーに会釈をしてわたしたちがサロンの外に出ると、エッケハルトが無邪気な顔をして「僕、二階が見たいな～」と言って駆けだした。

……なかなか演技が上手よ、エッケハルト！

普段のエッケハルトなら、他人の邸で走りだしたりはしない。もちろんこれは、弟の演技である。

だからわたしもお母様も、その演技に乗らなくてはならない。

「待ちなさいエッケハルト！　走ってはダメよ～」

「ごめんなさい、弟のことはわたしたちで見ておりますので！」

サロンの外にいた使用人の男性に、わたしが暗に「ついてこなくて大丈夫ですので」と言うと、期間限定の使用人である彼は困った顔をして笑っただけだった。余計な仕事はしたくないのだろう。わたしたちの行動に興味がなさそうで、非常に助かる。

お母様とわたしがエッケハルトを追いかけて階段を駆け上がる。

エッケハルトはぱたぱたと先を走っていき、壁に飾られている絵を見て歓声をあげてはまた走りだすを繰り返した。

そして、「広いからかくれんぼができそうだね～」と無邪気に言って、わたしたちを撒《ま》くように速度を上げる。

これで、隠れたエッケハルトを捜すという名目ができた。

……エッケハルト、今日が終わったら美味しいお菓子を買ってあげるわ‼

うちの弟は大変優秀である。

「もう！　あの子ったらどこに行ったのかしら？　仕方がないわね。お母様は右から捜してくれる？　わたしは左から捜すわ」

「ええ、見つけたら教えてちょうだいね」

階段を上って二階に到着すると、わたしとお母様はふた手に分かれる。

魔法が得意でないお母様とエッケハルトには、お父様が作った護身用の小型魔道具を持たせてあるので、万が一なにかが起こっても大丈夫だ。

……さーて、証拠を捜すわよ！

あまり長い時間うろうろしていたら、不審がられてしまうかもしれない。

わたしは「エッケハルトー」と弟の名前を呼びながら、突き当たりの部屋の扉を開けた。

☆

「お嬢ちゃんが心配なのはわかるが、そうイライラすんなって」

ホルガーが住んでいる家の近くのカフェのテラス席。

懐中時計で時間を確認しながら、コツコツとテーブルの上を叩くフリードリヒに、マクシムがあきれ顔を向ける。

フリードリヒやマクシムは目立つので、あまり家の近くには近寄れない。

そのためこのカフェで、家を見張らせている騎士から連絡が入るのを待っている状態だった。

マルガレーテたちの身の安全のために、できることはしたつもりだ。

しかし、いくら騎士を潜り込ませようと、詐欺師かもしれない人間の家を探るのは危険には変わりない。

ホルガーに煮え湯を飲まされたハインツェル伯爵一家が、自らの手で証拠を掴みたいと願うのは理解できるが、マルガレーテが怪我でもしたらと居ても立っても居られない気分になる。

「お前ってさ、案外過保護だったんだな」

「どういう意味だ」

「いや、だってさ。元の嫁ん時は、放任主義だったじゃん。まあ、聖魔法騎士団長になったばかりで忙しかったのもあるんだろうが、ほとんど家にも帰らなかっただろ、お前」

「あの頃は各地への遠征が多かったんだ。ちょうど魔物が活発化していた時期でもあったからな」

聖魔法騎士は騎士団の討伐遠征には支援部隊として必ず同行する。

フリードリヒが聖魔法騎士団長になり、そして結婚した頃は、魔物が活発に動き回っている時期だった。

魔物は十数年に一度の周期で急に増える時期があって、その頃は騎士が討伐のために各地に散るため、同行する聖魔法騎士も同様に各地を転々とすることになるのだ。

「新婚を理由に、多少でも休めばよかっただろ」

「王族がそんな呑気なことが言えるか」

「言えるだろ。新婚だぞ？　ラブラブすんだろ、普通はよ」

「私たちは政略結婚だった」

「いや、それ、関係ねーから」

マクシムの言わんとすることは、わからなくもない。

政略だろうとなんだろうと、結婚したのは確かだ。

フリードリヒはもっと元妻のために時間を割く必要があっただろうし、歩み寄ろうとする努力は必要だったようにも思う。

だが、フリードリヒがその努力をする前に、度重なる散財で妻への不信感が募ってしまったのも事実だ。

（まあ、これは言い訳だろうな）

本音を言えば、あの結婚にはフリードリヒはまったく乗り気ではなかった。

貴族だ。結婚するのは義務であるし、父王が決めた相手なのだから自分に拒否権はなかった。

もちろん、妻として丁重に扱う気はあったし、時間とともに夫婦としての信頼も築けると思っていた。

仕事にかまけて家を留守にしがちだったが、魔物討伐が落ち着けば改めて時間を取るつもりもあったのだ。

だが、結局、そんな時間を取ることもなく、妻は消えた。大量の宝石類を持ち出して、男とともに。

（……過保護、か）

もし、ホルガーの邸を探っているのがマルガレーテではなく元妻のヘンリーケだったなら、こんなに不安に思っていただろうか。思わなかった気がする。

（私も大概、薄情な男だな）

おそらく、マルガレーテ以外の女性に対しても、こんな感情は覚えないのだ。

フリードリヒは自分が淡白な人間だと自覚しているし、女性への不信感から、マクシムのように「女性は守るものだ」という認識も薄い。

ホルガーの邸を探っているのが、ヘンリーケでも、その他の女性であっても、フリードリヒは淡々と、相手がなんらかの証拠を見つけてくるのを待つことができただろう。

マルガレーテだけが、例外なのだ。

「お前、お嬢ちゃんのことはどうするつもりだ？」

「どう、とは？」

「しらばっくれんな。王妃様が茶会にお嬢ちゃんを招いたってことは、王妃様の中でお前の嫁候補に挙げてるってことだろ？　なら、立場的な障害はない。というか王妃様も陛下も、お前にさっさと再婚してほしがっているからな、諸手を挙げて賛成するだろう。性格にも難はないし、借金にしたって詐欺の立件がなくてもこのままなら自力で返済可能。なんならお前が立て替えればいい。顔よし、性格よし、伯爵令嬢で優秀な聖魔法騎士。加えてお嬢ちゃんが考えた商品は、王都の話題をさらっている。借金が消えて領地を取り戻せば、お嬢ちゃんのもとにはすぐに大量の縁談が舞い込むぞ。いいのか？」

いいのか、と聞かれればよくはない。

「だが、私は王弟で公爵でマルガレーテの上司だ。……私からの申し込みは、半ば命令になる」

「じゃあ、他の男にかっさらわれんのを、指をくわえて見ているってわけか」

「そうは言ってない」

「いやいや、今のままならそうなる未来しか見えねーだろうが」

その通りなので、フリードリヒは反論できなかった。

ぐだぐだと悩んでいたら、マクシムの言う通り、マルガレーテは誰かに奪われてしまうだろう。

（だが、私が結婚を申し込んだら、困らせるだけではないのか？）

誰かに奪われたくない。けれどもマルガレーテを困らせたくもない。ならば自分は、どうするのが正解なのだろう。

（……悩んでいる時間は、あまりないのだろうな）

ホルガーが詐欺師であれば、ハインツェル伯爵が失った金を取り戻すことができるかもしれない。満額すべて取り戻せるかはわからないが、マルガレーテが開発して販売している商品の売り上げも合わせれば、借金なんてすぐに返済可能のはずだ。

そうなると、マクシムの言う通り、マルガレーテのもとには縁談が舞い込みはじめるだろう。ハインツェル伯爵はどこの派閥にも属していない。ゆえに逆を言えば、どこの派閥も縁談を持ち込みやすいというわけだ。

フリードリヒがそっと息を吐き出した時だった。


ドカアアアアアン‼


大きな爆発音が響き、フリードリヒとマクシムは同時に立ち上がる。

「合図だ！」

「もっと静かなものを持たせられなかったのか⁉」

これは、マクシムがマルガレーテに持たせておいた魔道具だ。

爆発物ではなく、爆発音だけが響くものだが、あまりにけたたましい音に、道行く人が全員立ち止まってしまっている。

なにかが起こった時、もしくは証拠を見つけた時に作動させろと言っておいたので、その音を聞いて待機していた騎士たちも一斉に突入をしはじめただろう。

フリードリヒは、マクシムとともに、勢いよく走りだした。

☆

「エッケハルトー」

わたしは、エッケハルトを捜すふりをして部屋という部屋を片っ端から開けて回っていた。

そして、奥から三つ目の部屋を開けたところで、部屋の中から小声で「姉様」とエッケハルトの呼ぶ声が聞こえる。

「ここにいるのー？」

わたしはわざとらしく声をあげながら、部屋の中に入っていく。

どうやらここは書斎のようだ。

エッケハルトは、窓際の書斎机の下の方にしゃがんで、ちょいちょいとわたしを手招いていた。

「姉様、鍵付きの引き出しだよ。なにか入ってるかも」

わたしはそーっと書斎の扉を閉めて、エッケハルトのそばに近寄る。

「どこ？」

「この一番下の大きな引き出し。姉様、魔法で鍵開けられる？」

「任せておいて」

見たところ、魔法防止がかかっている鍵ではなさそうだ。

わたしが魔法でさっと鍵を開けると、エッケハルトが慎重に引き出しを開ける。

引き出しの中には、書類らしきものがたくさん詰まっていた。

……書類をわざわざ鍵付きの引き出しに納めるってことは、重要なものなのよね。

わたしもエッケハルトのそばにしゃがみ込んで、その書類を確認していく。

……ビンゴ！

これらの書類は、全部投資に関係するもののようだった。しかも、それらに書かれている署名はホルガーの名前じゃない。ざっと見た限りでも複数の別の名があった。もしこれらすべてがホルガーが使っている偽名ならば、尋問にかけるには充分な証拠だ。

……あとはお母様と合流して……。

「そこでなにをしているの？」

合流した後でマクシムから預かった魔道具を起動させようと考えていると、突然女性の声が聞こえてきて、わたしは慌てて立ち上がった。

閉じていたはずの書斎の扉が開いていて、二十代後半ほどの金髪の女性が立っている。

ドレス姿なのでホルガーの妻かもしれない。

わたしは慌てて愛想笑いを作った。

「すみません。弟がかくれんぼを始めてしまって捜していたんです。この書斎机の下に潜り込んでいたようで」

「ごめんなさーい」

エッケハルトがわたしのドレスの裾を掴んで、ひょいっと顔を出す。

ひとまずここに書類があるのはわかったので、怪しまれないように部屋から退散しようとしたのだが、ホルガーの妻は怪訝そうに眉を寄せた。

「かくれんぼ？　本当にそれだけかしら？　あなた、そこでなにかを見たのではなくて？」

ホルガーの妻が、そう言ってこちらに近付いてくる。

……まずい。

引き出しの鍵は開けたままだ。確認されれば、引き出しを漁っていたことに気付かれてしまうかもしれない。

……お母様が気になるけど、ここにホルガーの妻がいるなら、お母様のところには誰もいないわよね。ふたりの使用人は一階にいたし、ホルガーはお父様と一緒にいる。なら……。

わたしは手を後ろに組んで、腰の後ろで結んであるドレスのリボンを指さした。

ドレスのリボンに、装飾型の魔道具が付けられている。

これは防犯用の魔道具をマクシム様が改良したものらしく、作動させれば大きな音が出るらしい。

指で背後のエッケハルトに指示を出すと、すぐに気付いてくれた。

わたしの腰に手を伸ばし、リボンから魔道具をはずす。

そして――


ドカアアアアアン‼


魔道具が作動した瞬間に鳴り響いた大きな爆発音に、わたしは思わず「きゃあ！」と悲鳴をあげてしまった。

……いくらなんでも、音が大きすぎますよマクシム様‼

☆

「な、なんの音だ!?」

突然鳴り響いた爆発音に、ホルガーが驚いて腰を浮かせた。

(うわー、びっくりしたー)

マルガレーテが音が出る魔道具を預かっているとは聞いていたが、こんなに大きな音だとは思わなかったヘンリックは、純粋に驚いて目を見開く。

「すごい音ですが、爆発でもあったんですかねえ。まさかこのお邸ではないと思いますけど、念のため騎士団に連絡を取りましょうか」

「騎士団ですって!?」

爆発という言葉よりも、騎士団という言葉にホルガーが強く反応を示した。

どうやら騎士団に乗り込んでほしくないなにかがこの家にはあるのだろう。

そして、マルガレーテが魔道具を作動させたということは、なんらかの証拠を見つけたに違いない。

(ま、呼ばなくても、もうじき騎士たちが来るだろうけどねえ)

心の中で笑いながら、ヘンリックはゆっくりと立ち上がった。

騎士たちが突入してくるまで数分というところか。

このまま放置していても、ホルガーは騎士たちに捕縛されるだろうが――、それだと少々おもしろくない。

のんびりしているヘンリックだって、やられたからには多少の意趣返しをしたいと思うくらいのプライドはあるのだ。

ホルガーが慌ててサロンを飛び出していこうとしたのを見て、ヘンリックはパチリと指を鳴らす。

途端に、サロンの扉が硬い氷に覆われて、ホルガーがヒッと悲鳴をあげた。

「ハインツェル伯爵!?」

「ホルガーさん、私は少々、あなたに聞きたいことがありましてね?」

にっこり微笑んで、ヘンリックは言う。

「去年、私に勧めてきた投資ですけど、あれ、本当に投資のお話だったのでしょうか?」

「ど、どういう意味ですかな……」

「いえね。私も少々知人を当たって探ってみたのですが、似たような投資のお話を持ちかけられて大損したという貴族が何名かいらっしゃるようでね。私と時期が違うというのに、海を渡った大陸の国では、似たような事業を起こして、同じように船が沈没してしまう事故が随分多発しているようだなと思いまして」

ヘンリックだって、伯爵である。

それなりに顔はきくし、友人も多い。

フリードリヒの邸で似たような投資話で損をする貴族がいると聞いた時に、ヘンリックもツテを使って情報を集めていたのだ。

加えて、かねてから情報を集めてくれていた義兄ボーデ子爵からも、ヘンリックが乗せられた投資の不審点について連絡が入っている。義兄によると、ヘンリックが持ちかけられた投資話の会社は、実際には存在しない会社であった可能性が高いそうだ。

ただ、残念ながら騎士団ほど詳しい情報は集まらなくて、他にわかったのは、自分と同じような投資話を持ちかけられて大損した貴族が、時期を異にして数名いたということだけだった。

同じような事業を起こす会社が複数あっても不思議ではないが、そのすべての船が沈没したというのはおかしな話だ。

船は確かに嵐を受けたり座礁したりして沈没することがあるけれど、いくらなんでも短い間に多発しすぎている。

知人に投資話を持ってきた男の名は、ホルガーではなかったが、偽名を使ってあちこちで似たような投資話を持ちかけて金をだまし取っていたのであれば不思議でもなんでもない。

実際、マルガレーテはホルガーが複数の偽名を使って架空の投資契約を結んでいた証拠を探そうとしているのだし、マクシムやフリードリヒが確信しているようなのでそうなのだろう。

騎士団が尋問すれば、真相はすぐに明るみに出るはずだ。

だが、ヘンリックはどうしても、ホルガーの口から直接詳細が聞きたかったのだ。

なぜなら――もうひとつ、気になることがあったから。

ホルガーが頬を引きつらせて、凍りついた扉の隣の壁に背中をつけた。いくら後退ろうとも壁に穴が開くはずがないので、それ以上は逃げられない。

（口を割らせるには、もう少しだけ脅した方がいいかなあ？）

ヘンリックが軽く手を振ると、ホルガーの足元が凍りついた。

「ひっ！」

氷で床に固定されたホルガーが青ざめてガタガタと震えはじめる。

そんなに震えなくても、痛めつける趣味はないんだけどなあと心の中で苦笑しつつ、ヘンリックは続けて訊ねた。

「ホルガーさんが私に持ちかけた投資話は、詐欺ではないんでしょうか？」

「ち、ちが――」

「本当ですか？　嘘をつくのは賢明ではないと思いますよ。私は魔法が得意なんですが、特に得意なのは水系の魔法でして。……ホルガーさんも、生きたまま全身氷漬けにされたくはないでしょう？」

にっこり笑って首を傾げると、ホルガーがガチガチと奥歯を鳴らしはじめた。

（うーん、足を凍らせちゃったから寒いのかなあ？）

能天気なことを考えながら、ヘンリックはホルガーに一歩近付く。

「ホルガーさん。あの話は、詐欺ですよね？」

「ひっ！」

「ねえ？」

「そっ、そうです！　その通りです‼」

恐怖に駆られたホルガーが、ガタガタと震えながら何度も首を縦に振る。

ヘンリックは笑みを深めた。

「やっぱりそうですよね。じゃあもうひとつ。……もしかしなくても、ヨアヒム君は、グルですか？　あまりにも都合よくお金を貸してくれたので、おかしいなと思っていたんですが、ホルガーさんと一緒になって私を騙そうとしていたのなら説明がつくかと思いまして」

「そ、それは――」

「次は右手を凍らせましょうか？」

「そうです‼」

魔法を使うふりをすると、ホルガーは半泣きになりながら叫んだ。

「その通りです‼　ヨアヒム様に、私が詐欺を働いていた証拠を掴まれて、それで脅されて、あなたを騙すように頼まれました！」

「私のもとにもう一度やってきたのは、またヨアヒム君に頼まれたんですね？」

「その通りです‼」

「……ふむ。そうですか。わかりました。あとはヨアヒム君に聞いた方がよさそうですね」

ヘンリックがパチリと指を鳴らすと、ホルガーの足元と扉の氷が瞬く間に消えてなくなった。

ホルガーが、へなへなとその場にへたり込む。

ヘンリックはのんびりとサロンの扉に歩いていき、扉を開けると、邸に突入してきた騎士たちを呼んだ。

「ホルガーさんはこっちですよー」

すぐに、騎士たちが数名サロンに駆けつけてきた。

☆

「マルガレーテ‼」

わたしがエッケハルトとともに階段を下りようとした時、邸を包囲している騎士をかき分けて、フリードリヒ様が玄関に飛び込んできたのが見えた。

「あ、団長！」

声をあげると、フリードリヒ様が顔を上げて、ホッと表情を緩める。

フリードリヒ様はわたしたちが下りる前にすごい勢いで階段を駆け上がってきた。

「マルガレーテ、怪我はしていないいな？」

「怪我はしていないですけど、団長、あの魔道具うるさすぎです。耳がキーンッてなりました。

後でマクシム様に伝えておいてください」

わたしがまだ耳鳴りがしている右耳を押さえながら顔をしかめると、フリードリヒ様がわたしの耳に手を伸ばしてくる。

「大丈夫か？」

「キーンてしますけど、鼓膜は破れていないので大丈夫です。エッケハルトも、ちょっと耳が痛くなっただけみたいですし」

「……マクシムには、もし次に使うことがあるならもう少し音を抑え気味にするものを作れと言っておこう」

「そうしてください」

あまりの爆音に、本当に驚いたのだ。

だが、突然の爆発音にホルダーの妻が腰を抜かしてくれたので、それはそれで助かったのだが。

魔道具を使った後で、わたしは突入してくる予定の騎士の手を煩わせないようにと、腰を抜かしたホルダーの妻を魔法で捕らえておいた。防御壁を応用して、その中に閉じ込めたのである。

ホルダーの妻は今、書斎で騎士たちに捕縛され、わたしとエッケハルトが見つけた契約書について尋問されている最中だ。

書斎に他に隠しているものがないかどうかを聞き出した後で連れてこられるだろう。

わたしたちの仕事はもう終わったので、あとはマクシム様と彼の部下である騎士に任せておけばいい。

……本当は、わたしが直接聞き出したかったりもするけど、こういうことは専門家に任せておいた方がいいと思うし。

お母様はひと足先に階下に下りたようなので、わたしとエッケハルトがフリードリヒ様とともに階段を下りようとした時、書斎から縄をかけられたホルダーの妻が引きずられてくるのが見えた。

必要なことは聞き出せたらしい。

よかったよかったと思っていると、フリードリヒ様が驚いたように目を見張った。

「……ヘンリーケ？」

……え⁉

ヘンリーケって、フリードリヒ様の元奥さんの名前だよね⁉

びっくりして振り返ると、騎士に捕縛されていたホルダーの妻が、赤い唇をきゅっと引き結んでフリードリヒ様を涙目で睨んでいた。

だが、睨むだけでなにも言わない。

……ってことは待って、ホルダーがフリードリヒ様の元奥さんの浮気相手の行商人⁉

おそらく、ホルダーという名前も偽名だろう。だからフリードリヒ様は気が付かなかったのかもしれないが、こんな偶然があるのだろうか。

フリードリヒ様は少しの間、瞠目したままヘンリーケを見ていたけれど、やがて興味が失せたように視線をそらした。

ヘンリーケが、騎士に連れられて階段を下りていく。

「おーおー、驚いたな」

ヘンリーケが玄関の外に消えていくと、騎士たちを指揮していたマクシム様が階段を駆け上がってきた。

「ありゃ、フリードリヒの元嫁じゃねーか。誰かが似たような女を王都で見かけたって噂は聞いたけど、本当に戻ってきてたのか。またなんのために」

「私が知るはずがないだろう。まあ、あれの男が詐欺師なら、この国で荒稼ぎするために戻ってきたのではないか？」

フリードリヒ様が興味なさそうに言って、わたしに手を差し出す。

「マルガレーテ、下りるぞ。あとはこいつに任せておけばいい。……そういえば、ホルダーという男はどうした」

「一階のサロンでお父様が相手をしていたはずですけど……」

フリードリヒ様の手を取って、もう片方の手をエッケハルトと繋いで階段を下りると、サロンから相変わらずのほほんとした顔のお父様が出てきた。

「あ！　お父様、ホルダーは？」

「騎士たちが縄をかけているみたいだよ」

開け放たれたままのサロンの扉の奥を見れば、放心した様子のホルダーの手首を騎士が縛っているのが見えた。

……でも、なんで座り込んで放心しているのかしら？

騎士たちに取り押さえられたのが怖かったのかしら？　不思議だが、あの様子ならすぐに口を割りそうだ。

「伯爵、怪我はないようだが、大丈夫だっただろうか」

「ええ、問題ありませんよ。あ、そうそう。全部が全部かどうかはわかりませんけどね、私が去年引っかかった投資の話には、どうやらヨアヒム君が絡んでいたようなので、そっちの方も一緒に確認していただけませんか？　ホルダーさんに聞けば、詳しく教えてくれると思いますので」

「え⁉」

……ちょっと待って、お父様それ、どういうこと⁉

なぜヨアヒムの名前が出てくるのかとか、お父様がそんなことを知っているのかとか、わたしの頭の中が「？」でいっぱいになる。

フリードリヒ様も驚いたように目をしばたたいていた。

お父様は、能天気な顔でにこにこと笑っている。

「パパ、頑張ったんだよ～」

なんて笑いながら言っているけど、なんのことだか、わたしにはさっぱりわからなかった。

エピローグ

ホルガーたちが捕縛されてから一カ月。

この一カ月は、本当に慌ただしかった。

ホルガーを尋問した結果、彼はやはり詐欺師だった。

お父様や他の貴族たちに持ちかけた投資話はすべて架空のもので、多くの貴族を騙しては大金をせしめていたらしい。

ホルダーの供述で、芋づる式に詐欺に加担した人間が捕縛され、ヨアヒムももちろん、そんな彼らとともに捕まった。

ヨアヒムの父親であるアンデルス伯爵は、息子が詐欺に加担してお父様を陥れたことに驚《きょう》愕《がく》して、真っ青になりながら謝罪してくれた。

借金の担保として取り上げられたハインツェル伯爵領も邸も、わたしたちにすぐに返却され、借金が帳消しになったばかりか慰謝料まで支払ってくれたので、わたしもお父様も、アンデルス伯爵を責めるつもりは毛頭ない。

ヨアヒムについてはかなり腹は立ったが、どうやらヨアヒムがお父様を陥れたのは、彼がわたしを毛嫌いしていることが原因だったようなので、わたしにもちょっと思うところがあった。

……無自覚のうちに、ヨアヒムの自尊心を、わたしはひどく傷つけていたらしいから。

もちろん、だからといってヨアヒムのしたことは許せないが。

そうそう、ホルダーとヘンリーケがこのランデンベルグ国に戻ってきたのは、暮らしていた国で詐欺がばれそうになったからだった。

次に向かう国を探すまでランデンベルグ国で荒稼ぎしようという魂胆だったらしい。

ヘンリーケがフリードリヒ様を裏切って八年も経っているから、ほとぼりが冷めているだろうと思ったそうだ。

自分を裏切った元妻が国に戻ってきていて、しかも詐欺に加担していたと知ったフリードリヒ様はショックを受けなかっただろうかと心配になったけれど、意外にもフリードリヒ様はけろりとしていた。

フリードリヒ様の中で、ヘンリーケのことはもうすっかり過去のことになっているようだ。

……安心しちゃうわたしは、未練がましいかな。

フリードリヒ様がわたしなんかを相手にするはずはないと思っているけれど、彼が手を繋いでくれるたびに、なんだか特別扱いされているようで期待してしまう自分もいる。

だからだろう、この恋心は早く忘れなくてはと思っているけれど、なかなかうまくいかない。

定時になり、わたしが帰り支度を整えて第一聖魔法騎士団の棟の玄関へ向かうと、フリードリヒ様がちょうど会議から戻ってきたところだった。

「団長、お疲れ様です」

「ああ。……そうだ、マルガレーテ」

「はい？」

挨拶をして歩き去ろうとしたわたしは、フリードリヒ様に呼び止められて振り返る。

見上げると、夕日に染まったフリードリヒ様の顔が、どことなく緊張しているように見えた。

「君は二週間後の今日は休みだったよな」

「はい。シフトではそうなっています」

「そうか、なら……」

フリードリヒ様は制服のポケットから、ふたつに折った封筒を取り出した。

「その日だが、ギルベルト侯爵の家でパーティーがあるんだ。私も断れないところで……、すまないんだが、その、一緒に行ってくれないか？　パートナーが必要でな」

「はあ……、それは構いませんが」

だが、そのギルベルト侯爵のパーティーの招待状を、なぜポケットに入れて持ち歩いているのだろう？

謎だったが、詳細はここに書いてあると言われて封筒を渡されたら受け取るしかない。

「ドレスコードがあるようなので、ドレスについては私の方で手配しておく」

「え!?　いえ、そんな、悪いです！」

「パーティーに付き合ってくれる礼だ。では、私はまだ仕事があるので、気を付けて帰りなさい」

フリードリヒ様はそう言って強引に話をまとめて、逃げるように玄関をくぐってしまった。

仕方なく、わたしは封筒を持ったまま帰路に就く。

王都の邸も取り戻したので、わたしが帰るのは貴族街にあるハインツェル伯爵邸だ。

あのこぢんまりとした二階建ての家もそれなりに愛着はあったのだが、邸を取り戻せた以上、いつまでもあの家で暮らすわけにはいかない。

お父様は『狭い方がなんか落ち着く気がするんだけどねー』なんて言っていたが、その気持ちはちょっとわかる。狭い家の方が家族の距離が近いから、わたしたち家族には合っていた気がした。

借金を背負って解雇するしかなかった使用人たちも、半数以上が戻ってきている。

さすがに新しい仕事先を見つけている人もいるので、全員が戻ってこられたわけではないが、それでも顔なじみの使用人が戻ってきてくれたのは嬉しい。

……でも、パーティーか～。

フリードリヒ様のパートナーを務めるのが、わたしでもいいのだろうか。

フリードリヒ様なら引く手あまただろうに――、ああでも、女性嫌いだから、パートナーを探すのは難しいのかな。

多分わたしは女として意識されていないのだろう。触れても平気そうだが、他の女性ではそうはいかないのかもしれない。

……パーティーってことは、一曲くらい踊る機会があるのかな？

フリードリヒ様への気持ちを早く忘れようと思った矢先にこれでは、忘れるまでまだまだ時間がかかるかもしれない。

いや、逆にいい思い出をもらえたと思えばいいのだろうか。

……フリードリヒ様への気持ちは、早く過去にして前を向かなきゃね。

わたしも、誕生日が来れば十九歳になる。

ちらほらと縁談も来はじめたし、そろそろ結婚を考えなければならないだろう。

……このパーティーで、気持ちに区切りをつけられるように頑張ろう。

チクリと痛む胸に気付かないふりをして、わたしは夕焼けに染まる空の下を歩く。

☆

そして、二週間後——

フリードリヒ様が贈ってくれた、わたしの髪の色のような赤いドレスに身を包んで、わたしはギルベルト侯爵のタウンハウスにいた。

パーティーってあんまり出席する機会がなかったから緊張する。フリードリヒ様が隣にいてくれなかったら、緊張で手と足が一緒に出ていたかも。

王弟であるフリードリヒ様のもとには、絶えず人が挨拶に来る。

なぜかそのついでに、わたしに向かって、アイスキャンディーのことか湿布薬のことかの話をしていくので、わたしは常に笑みを顔に張りつけて「ありがとうございます」という言葉を繰り返すお人形になっていた。

「ありがとうございます」という言葉を言いすぎてそろそろ噛みそうだ。

わたしが疲れたのがわかったのか、フリードリヒ様がほどほどのところで庭に連れ出してくれた。

ギルベルト侯爵家の庭は広いけれど無駄を省いたシンプルなつくりだ。

中央には大きな噴水があって、少し離れたところにベンチがいくつか置いてある。

そのうちのひとつに並んで腰を下ろして、わたしたちは休憩をすることにした。

夕方から始まったパーティーだが、すっかり日も暮れて、見上げた夜空には星が瞬いている。

ふわりと吹き抜けていく風が気持ちいい。

空を見上げたままぼーっとしていると、隣から「マルガレーテ」とやや上ずった声がした。

「はい？」

返事をして横を見れば、フリードリヒ様の顔が少しだけ赤い。

……お酒に酔ったのかしら？

ちょっと心配になっていると、フリードリヒ様が藍色の瞳をまっすぐにこちらに向けた。

「私は今から、君を困らせることを言ってしまうかもしれないのだが、いいだろうか」

……わたしを困らせること？

なんだろうか。

首を傾げたわたしは、そこでハッとした。

「え⁉　まさかわたし、聖魔法騎士団クビですか⁉」

「どうしてそうなる！　そんなはずがないだろう」

あーよかった！

ひとまずホッとしていると、フリードリヒ様ががりがりと頭をかいた。そんなことをすると、せっかく整えている髪型が崩れてしまうと思うのだが。

「マルガレーテ、その……私は公爵だ」

もちろん知ってますよ？　というか、それを知らない貴族はこの国にいないんじゃないですかね？

突然の宣言の理由がよくわからず、わたしは首を傾げつつ返事をした。

「はい、存じ上げております」

「そして私は、公爵家を存続させなければならないため、結婚しなくてはならない」

「はい、そうですね」

もちろんそれもわかりますよ。ただ、女性が嫌いなフリードリヒ様には酷な話だとは思いますけどね。

「だが、私はその、女性があまり得意ではない。よって、結婚相手は誰でもいいというわけではないんだ」

ええ、そうでしょうとも。

フリードリヒ様はさっきからなにが言いたいのだろう。全部わたしが知っていることばかりだ。

フリードリヒ様はそこで大きく深呼吸をすると、唐突に——本当に、唐突に、驚くようなことを言い出した。

「だから——私と結婚してくれないか、マルガレーテ」

「…………」

わたしはフリードリヒ様を見たまま固まった。

今、なんか、とんでもないことを言われた気がする。

……あれ？　わたし、耳か頭のどっちかに不調をきたしたのかしら？

フリードリヒ様は、なんと言ったのだろう。『私と結婚してくれないか、マルガレーテ』と聞こえた気がするわよ？　うん？

わたしはゆっくりと考える。

うん、多分だが、今のは幻聴だ。

おそらく、『私の結婚相手を探してくれないか、マルガレーテ』とか『私に結婚相手を紹介してくれないか、マルガレーテ』という言葉と聞き間違えたのだろう。

いや、それでもとんでもない爆弾発言ですけどね！

わたしに結婚相手を探してくれと？　いやいや、自慢じゃないけど、わたし、交友関係あまり広くないですよ？　そして、フリードリヒ様とお付き合いできそうな高貴な方にお友達はいません！

あわあわしていると、フリードリヒ様が真剣な顔でわたしの手を掴んでくる。

「ダメだろうか？」

「ひえ⁉」

フリードリヒ様のお願いだ。ダメだとは言いにくい。言いにくいが、わたしに紹介は無理だと思います！　というかわたしがフリードリヒ様を好きなので、ちょっとそのお願いは荷が重いです！　せめてこの気持ちが昇華してからにしてください！

どうしようどうしよう、できるだけ穏便に、フリードリヒ様をがっかりさせないようにお断りしようと思っていると、フリードリヒ様がしょんぼりと眉を下げる。

……ああ、そんな顔をしないで！

「ダメ、だろうな。私は君より十一も年上だ。君には私よりふさわしい人が大勢いるだろう。それはわかっているのだが……」

「そ、そうです、わたしはフリードリヒ様より十一歳も年下なので、ご紹介は年の近い方にお願いした方が……うん？」

なんか、話がちょっとかみ合っていない気がしたよ。

わたしがフリードリヒ様より十一歳年下なのは事実だが『君には私よりふさわしい人が大勢いるだろう』とはどういうことだろうか。

わたしは大きく深呼吸しながら、少し前のフリードリヒ様の言葉をゆっくりと反芻《はんすう》してみる。

フリードリヒ様はなんと言っただろう。

『私の結婚相手を探してくれないか、マルガレーテ』だっただろうか。それとも『私に結婚相手を紹介してくれないか、マルガレーテ』だっただろうか。

……やっぱり『私と結婚してくれないか、マルガレーテ』だったような気がする。

聞き間違いでは、なかったのだろうか。

そう自覚するや否や、わたしの体温がぐわっと二度くらい上昇した。

「ひえ!? え!? わ、わ、わたしと、フリードリヒ様が、ですか!?」

わたしが急に赤くなって狼狽《うろた》えはじめたからだろうか、悄然《しょうぜん》としていたフリードリヒ様が少し元気を取り戻したように見える。

「ああ、そう言った。私と結婚してくれ。私はこの通り、女性が得意ではない。だが、君のそばは心地がいいんだ。君しか考えられない。私は君が好きだ」

「ひぇえ‼」

待って待って待って、頭が追いつかないよ‼

わたしはフリードリヒ様が好きだけど、これは叶わぬ恋だからあきらめようって、そう思っていた。

でも、フリードリヒ様が結婚してくれって言っている。

……これはいったいどういうこと⁉

ここまで混乱したのは人生で初めてかもしれない。

留学先から帰ってきて実家が没落していたのを知った時以上に、わたしは今混乱している。

そして、とても最年少で聖魔法騎士団の団長に上り詰めたとっても優秀なフリードリヒ様は、わたしの隙を見逃すような人ではなかった。

混乱したわたしに、ここぞとばかりに畳みかけてくる。

「私は確かに君より十一も年上だが、君は精神的に大人びているし、存外私の年くらいの人間の方が合っているかもしれないぞ。それに、私は身分的にも、経済的にも君の結婚相手として不足してはいないはずだ。自分で言うのもなんだが顔立ちも不細工ではないと思う」

ええ、ええ、そうでしょうとも！

わたしは前世で二十歳まで生きた記憶があるから、実年齢より精神的に大人である。確かにフリードリヒ様くらい年上の方が合っているだろう。

そして、フリードリヒ様は身分的にも経済的にもこの国でトップクラスでいらっしゃる！

わたしにふさわしいかはともかく、不足しているなんてとんでもない！　むしろ充足しすぎている！

最後に、フリードリヒ様の顔立ちが不細工ではないですって？　不細工どころかとんでもなく、もう、わたしにとっては世界一麗しいご尊顔ですよ！　ダントツですとも！

わたしはひと言も返していないのに、心の中でツッコむだけで息も絶え絶えになってきた。

あわわわわわわわ！　知らないうちに退路が、退路がなくなっていく！

いや、そもそも逃げようとかそんなことは考えてはいないけれど、混乱して、心臓がバクバクして呼吸がおかしくなってきたから、いったんタイムを挟みたい！

だが優秀な人は、こういう時には言質を取るまでは絶対に解放してはくれないのだ。

「どうだろう、マルガレーテ。私では、不足か？」

「と、とととととんでもない！」

「では、結婚相手として問題ないだろうか」

「も、もももももちろんです！」

ああ、こういうのを誘導尋問というのかしら？

わたしから言質を取ったフリードリヒ様が、それはそれは美しく微笑む。

「では、具体的な結婚式の日にちなどは、明日にでも話し合おう。明日、君の家に行く」

明日ですって⁉

いや、それはかなり、ものすごく、早すぎやしませんかね⁉

お父様たちがひっくり返って泡を吹く様子が手に取るようだ。

……ごめんお父様たち！　なんかよくわからないけれど、わたし、フリードリヒ様と結婚するそうです‼

END

あとがき

こんにちは、狭山ひびきです。本作をお手に取ってくださり、ありがとうございます！

本作はしっかり者のヒロインと、のほほんのんびりしている家族の物語です。

作品を書く時、その作品を三人称で書くか、それとも一人称で書くか悩むのですが、本作は一人称の方がしっくりきそうな気がしたので一人称で書いてみました。ヒロインとその家族の掛け合いを楽しんでいただければ幸いです！


さて、あとがきを書いている頃はまだ夏なのですが、実は先日、我が家の豆柴君が、左後ろ足の十字靭帯をやってしまいました。

近くの動物病院に診せていたのですけど、手術をした方がいいだろうとのことで、別の病院を紹介していただき、手術&入院に……。

うちの子は超がつくほどの人見知り（ついでにほかの犬もダメ）で怖がりなので、手術と入院になると聞いて、わたしの頭の中は真っ白になってしまい、手術の日は最悪なことばかり考えておろおろしてしまいました。

現在は入院中で、休診日以外は毎日お見舞いに行けるところなので、顔を見に行っています。

足が痛いのか、知らないところでお泊りだからなのか、もしくはその両方なのか、とってもしょんぼりしていて元気がないから心配なのですが、そこの動物病院のスタッフさんが優しくてしっかり面倒を見てくださっているので、本人（本犬）は嫌でしょうが、ひとまずいい病院でよかったな、と。ただ、手術の後からご飯を食べないそうで、それだけが心配です。退院まではまだ日にちがあるので、お見舞いに行きつつ様子を見ようと思います。

それでは、あとがきページも終わりに差し掛かりましたので、そろそろ締めさせていただくとして……。

本作のイラストをご担当くださった昌未先生！　素敵なマルガレーテたちをありがとうございます！　表紙も中のイラストもとっても可愛くて大好きなのですが、イラスト一枚目の父の「ごめんね～」の吹き出しがツボでした（笑）。

それから、担当様をはじめ、本作の出版に尽力くださった皆様、この場を借りてお礼を言わせてください。ありがとうございました！

最後に、この本をお手に取ってくださった読者の皆様方！　本当に本当にありがとうございます！　楽しんでいただけると嬉しいです。

それでは、またどこかでお逢いできることを祈りつつ！

狭山《さやま》ひびき

ちょっと留守にしていたら家が没落していました
転生令嬢は前世知識と聖魔法で大事な家族を救います

2024年9月5日　初版第１刷発行

著　者　狭山ひびき

発行人　菊地修一

発行所　スターツ出版株式会社

〒104-0031　東京都中央区京橋1-3-1　八重洲口大栄ビル７F
TEL　03-6202-0386（出版マーケティンググループ）
TEL　050-5538-5679（書店様向けご注文専用ダイヤル）
URL　https://starts-pub.jp/

印刷所　大日本印刷株式会社

ISBN　978-4-8137-9361-8　C0093　Printed in Japan

［狭山ひびき先生へのファンレター宛先］
〒104-0031　東京都中央区京橋1-3-1　八重洲口大栄ビル７F
スターツ出版（株）　書籍編集部気付　狭山ひびき先生

ISBN：978-4-8137-0528-4　※価格、ISBN は 1 巻のものです